U0043768

曲學入門

韓非木 編著

中華書局印行

曲學入門　目次

曲學入門

第一章　緒言

怎樣叫做曲？簡單的說，用有韻律的文字，編成可以在口頭歌唱的詞句叫做曲。據近人盧冀野氏說：『曲的意義就是曲曲折折的情意，直直爽爽的說出來。在詩詞所不能表現的，都可以從曲表現。』①可見曲是一種語體的韻文，是一種平民化的文學。它所包括描寫的對象很廣大，『無論任何事物，都可以用輕鬆的筆調，刻畫入微的寫一個盡致。任中敏氏說：

『我國一切韻文之內容，甚駁雜廣大，殆無逾於曲者。劇曲不論，祇就散曲以觀，上而時會盛衰，政事興廢；下而里巷瑣故，幃闥祕聞，其間形形式式，或議或敘，舉無不可於此體中發揮之者。以言人物，則公卿士夫，騷人墨客，固足以寫；販夫走卒，娼女弄人，亦足以寫。大而天、日、山、河，細而米、鹽、棗、栗，美而名姝、勝境，醜而惡疾、畸形，殆無不足以寫。意境所到，材料所收，古今上下，文質雅俗，恢恢乎從不知有所限，從不辨孰者爲可能，而孰者爲不可能；孰者爲能容，而孰者爲不能容也。』②

作者用銳利的眼光，冷靜的頭腦，敏感的思想，在時間上空間上找取題材，譜成歌曲，使讀者或聽者，在心弦上不期然而然的發出一種共鳴。譜成悽惻哀怨的詞，便使人悲；謔浪笑傲的詞，便使人笑；激越憤怒的詞，便使人恨；抑鬱悽愴的詞，便使人愁；激昂慷慨的詞，便使人奮發。抓住了人們的心理，而發爲喜笑怒罵的文章，這就是文學的極則，也就是曲的本義。

我們既明瞭曲的意義，而對於曲的界說，不能不再作進一步的認識。劉熙載「曲概」說：『近世所謂曲者，乃金元之北曲，及後復溢爲南曲者也。』這可見曲乃是金元人的創作。但是曲到底是從何而來呢？這就不能數典而忘祖。一種文學的產生，都沿著歷史進化的原理，文學的演進，不外乎兩種原因：其一就是隨時代而演變，其二就是受到外來文學的影響。詞在兩宋，是極盛時期，到了金元，便漸漸衰落了。那時便有所謂一種「曲」起而代之。金元都是北方人，他們的音樂，不合於詞的節奏，於是便不能和詞合流而另創新聲。（這裏所指的是散曲，詳見第二章。）王世貞說：『曲者詞之變，自金元入中國，所用胡樂嘈雜凄緊，詞不能按，乃更爲新聲以媚之。』所以曲是當時的新創作，而與詞是兩種體裁；可是在作風上雖然有了轉變，而形式上沿襲於詞的地方仍很多：如（一）曲的宮調牌名多根據於詞。詞在南宋時，有七宮十二調，後來北曲的十四宮調，南曲的十三調（詳後），皆由宋時十七宮調而來。曲的調名，（俗稱曲牌）與詞相同的也很多。（二）體製方面，也很相同：如曲中的小令，猶如一首短調中調的詞；其套數，又如詞中三四疊之長調。

曲與詞相互的因果既如上述，我們再就作風不同處約略來比較一下。詞是就深處著筆的，是內旋的；曲是從廣處著眼的，是外旋的。詞主張意內言外，曲卻是意外言外；詞尙沈鬱頓挫，尤重立意；曲尙豪辣浩爛，尤重遣詞；詞是靜的，曲是動的；詞是收斂的，曲是解放的；詞的妙處，在含蓄不盡，耐人尋味；曲的妙處，在說得痛快，韻味儘管雋永不盡，而意旨必須顯豁呈露；詞的措辭，不免扭揑做作；曲是大踏步而出，赤裸裸的表暴無遺。所以詞是貴族化的，而曲卻是平民化的。還有値得一說的地方，關於人生觀方面，詞大都流於悲觀的居多，抒寫愁情苦緒，容易討好。朱彝尊「紫雲詞序」說：『懽愉之言難工，愁苦之言易好。』因爲詞雖宜於抒情寫景，但崇尚婉約沈鬱，非意內而言外不爲工。所以關於抒情的作品，往往蹙額顰眉，帶有幾分病態的色彩；假使抒寫歡樂的情緒，便覺言外即無他意可屬了。至於曲則不然，寫悲觀的情緒，固然可以使人愁眉苦臉；寫歡樂的情調，也可以使人手舞足蹈。在元代曲家，他們的志趣，大抵樂天的居多，他們看到俗人的營營功利，固然覺得太卑陋可笑；同時看到爲情志所束縛鬱鬱而不伸的人，也覺太癡心無謂。如他們對於悲觀自殺的屈大夫，和隱居不仕的五柳先生陶淵明，都加以調侃或譏嘲。他們雖然遇到極頹唐極危苦的境地，也必然用極放達極興會的語調來抒寫。總覺得滿紙豪情萬丈，令人讀了精神爲之一爽。他們平常總是熙熙皞皞，活潑潑的生機無限，從來沒有陰冷鬱塞的氣象，令人讀了頹喪氣沮的。

至於曲的體制，容下面分章來說，現在先把它的概略，簡括的提示一下，以便學者先得到一個扼要的概念。散曲與劇曲大約可分爲小令、散套、院本、雜劇和傳奇五種：（本書所包含的曲，只限散曲與劇曲。清季所流行的皮黃、秦腔等劇，不在討論範圍以內。）曲的單調叫做小令，合單調若干成套叫做散套。小令和散套，總名爲散曲。——散曲兩字，乃是對劇曲而言。作小令的方法，和作詞差不多，每牌各獨立自成片段。散套比較複雜，不論南北曲，從頭到尾，按照題目塡曲，宮調須一貫，牌名各有次序，不容顚倒紊亂，不過沒有引子和賓白罷了。至於院本、雜劇和傳奇三種，那就是所謂「劇曲」，體例大略相同，徐充「暖姝由筆」說：『有白有唱者，名雜劇；扮演戲文，跳而不唱者，名院本。』大抵雜劇每本一折至四折，（元劇以一宮調之曲一套爲一折）每折換一宮調。院本體例，和雜劇差不多。塡曲十餘折以至數十折者，就叫做傳奇。現在先把它列成一表，其中需要解釋之處，由下第四章分別說明。

曲

- 小令
  - 尋常小令……摘調
  - 帶過曲——北帶北……南帶南……南北兼帶——北曲爲盛
  - 集曲——兼集尾聲者……不集尾聲者——南曲爲盛
  - 重頭——兩首以上
  - 演故事者——同調重頭……異調間列
- 散套
  - 尋常散套——南北分套……南北合套
  - 重頭加尾聲
  - 無尾聲者——尋常散套無尾聲……重頭無尾聲
- 雜劇院本傳奇
  - 院本——體例和雜劇相同……有白有唱惟唱者不限一人
  - 雜劇——一折至四折……或加楔子
  - 傳奇——自十餘折以至數十折

註　①見盧冀野「詞曲研究」。　②見任訥「散曲概論」。

第二章　曲的起源

王世貞說：『三百篇亡而後有騷賦，騷賦難入樂而後有古樂府，古樂府不入俗而以唐絕句爲樂府，絕句少宛轉而後有詞，詞不快北耳而後有北曲，北曲不諧南耳而後有南曲。』①這是我國樂曲演進的過程，也就是由詞蛻變而爲曲的一個簡單說明。可是我們討論曲的起源，這種籠統的說法，還嫌不夠分明，應該從「散曲」和「劇曲」兩部分來講：散曲是一種抒情的文學，和詩詞具同樣的性質，爲韻文的正統；劇曲是具有情節、動作、說白的表演，也就是演故事的歌舞劇。這兩種雖然同是樂曲，卻具有不同的性質，所以我們談曲的起源，應該先明瞭它的界限。原來散曲與劇曲，是「同源而異流」的。

由詞遞變而爲散曲，前章已約略說及，如曲的宮調、牌名、體制多與詞同。現在再把它的體制和詞來參互比較一下。盧冀野氏以爲散曲的體裁，確是從詞變化出來的。他所舉的例說：

『如尋常散詞變成曲的小令；詞中成套的，變成曲中套數；詞的犯調成爲北曲的帶過曲，南曲的集曲；詞的聯章變爲曲的重頭。』

他又以爲由詞發達而爲曲，他說：

『如詞的成套，變成曲的成套。詞中大遍，無論法曲大曲，皆有散序、歌頭，這不是套曲裏的散板引子麼？大曲的殺袞，不是套曲的尾聲麼？所以法曲大曲，雖仍認他是一詞多遍相聯，其實已有幾套的形式。換句話說，便是套詞的一種，套在詞，起初是一詞多變，後來是一宮多調。將變爲曲的時候，諸宮調可以聯套，已變爲曲了。一套裏還可借宮，再進一步，可以聯合南北曲成套。』②

觀此，可知詞是散曲的胚胎，散曲就是詞的後身。劉熙載也說：

『南北成套之曲，遠本古樂府，近本詞之過變。遠如漢焦仲卿妻詩，敘述備首尾，情事言狀，無一不肖；梁「木蘭辭」亦然。近如詞之三疊四疊，有「戚氏」、「鶯啼序」之類。曲之套數，殆即本此。』③

因此，詞被稱爲「詩餘」，曲就被稱爲「詞餘」了。

至於劇曲的源流，卻須遠溯上古的巫、尸，以至宋雜劇和金院本。所謂

「巫」，就是女巫，她用歌舞降神，是以歌舞爲職業的。在周代以前，就很盛行。周禮廢後，楚越之間，其風尤盛。王逸「楚辭章句」說：『楚國南郢之邑，沅湘之間，其俗信鬼而好祠；其祠必作歌樂鼓舞，以樂諸神。屈原見俗人祭祀之禮，歌舞之樂，其詞鄙俚，因爲作「九歌」之曲。』這可見女巫的歌舞在當時流行於社會的情形。所謂「尸」，就是古時祭祀時所用的神像，用卑幼的人假扮。古代所稱的巫，楚人稱之曰「靈」。王國維「宋元戲曲史」，謂楚辭中之靈，就是「以巫而兼尸之用」，爲後世戲劇之萌芽。其後便有俳優的興起。在春秋時代，晉國的優施，楚國的優孟，以及後來秦國的優旃，都以調戲的動作而取人笑樂。後世優伶的名稱便由此而起。雖然和後來的戲劇不同，但尋源探本，巫優二者，不能不說是「戲劇之祖」了。

古代的俳優，但以歌舞及戲謔爲事，從漢以後，始間演故事。然用歌舞以表演一種事實的，實創始於北齊，「蘭陵王入陣曲」就是其中之一，不過在當時尚未盛行。（當時所流行的叫做百戲。）到了唐代，始根據這種故事，用歌舞來表演。據王國維「宋元戲曲史」引「舊唐書音樂志」說：

『代面（即大面）出於北齊。北齊蘭陵王長恭，才武而面美，常著假面以對敵，嘗擊周師金墉城下，勇冠三軍。齊人壯之，爲此舞以效其指揮擊刺之容，謂之「蘭陵王入陣曲。」』

又引「教坊記」，謂「踏搖娘」一劇，表演一醉漢毆打其妻，其妻向人訴苦的情狀，原文如下：

『踏搖娘，北齊有人姓蘇，鮑鼻，實不仕而自號爲郎中，嗜飲酗酒，每醉，輒毆其妻；妻銜悲訴於鄰里。時人弄之，丈夫著婦人衣，徐步入場，行歌，每一疊，旁人齊聲和之，云：踏搖和來，踏搖娘苦和來！以其且步且歌，故謂之踏搖；以其稱冤，故言苦。及其夫至，則作毆門之狀，以爲笑樂。』

以上「蘭陵王入陣曲」和「踏搖娘」都是表演一個故事，有歌有舞，和以前只有歌舞而不表演故事，或表演故事而沒有歌舞不同，實可說是戲劇的創例。還有「撥頭」一劇，（樂府雜錄謂之鉢頭）據王國維說，也是那時由西域傳入中國，表演一人爲猛獸所噬，其子捕獸殺之，作種種舞蹈以表演殺獸的情狀。他引「舊唐書音樂志」說：

『昔有人父爲虎所傷，遂上山尋其父屍，山有八折，故曲八疊。戲者被髮素衣，面作啼，蓋遭喪之狀也。』

這三種戲，都是唐代的歌舞劇，根據北齊和西域的故事編演而成。此外還有一種「參軍戲」，也出於後趙。本來表演石躭或周延的故事，但在唐中葉以後，不一定演這故事，凡一切假官，統謂之參軍。從此參軍一色，遂爲腳色之主。（詳見後）於此可以窺見南北朝時劇壇的狀況和唐代編演故事戲的發達。其他如滑稽戲，在唐代也很進步。優伶隨時隨地自由表演，不過不採用歌舞式罷了。

到了宋朝，實爲我國戲劇的一轉捩點，綜合前此所有的滑稽戲及雜戲、小說而放一異彩。後來南北曲之分，也就是綜合宋代的各種樂曲而成。現在可把它分爲三點來說：（一）宋代的滑稽戲（包括遼金），也叫做雜劇，假託故事以諷刺時事，不著重事實，而著重含義。呂本中「童蒙訓」說：『作雜劇者，打猛諢（按即打諢，以諧語互相戲弄）入，卻打猛諢出。』吳自牧「夢粱錄」也說：『雜劇全用故事，務在滑稽。』可見宋人雜劇，完全以滑稽爲主，和唐代的滑稽劇沒有什麼差異。不過其中腳色比較顯明，布置也稍許複雜。可是不能用以歌舞，比後世眞正戲劇還差得很遠。（二）小說和雜戲。宋代的小說，不以著述爲事，而以講演爲主，就是所謂「說話」。灌園耐得翁「都城紀勝」謂「說話有四種：一小說，一說經，一說參請，一說史書。」又謂「小說人能以一朝一代故事，頃刻間提破。」現在所流傳的「五代平話」，就是演史的一種；「宣和遺事」，也就是小說的一種。這種說話，以敘事爲主，和滑稽劇不同。此時的小說，多爲後來戲劇的材料，所以它的影響於戲劇也很大。雜戲有傀儡和影戲：傀儡戲亦以敷衍故事爲主，影戲大概也用以表演故事。「事物紀原」謂：『宋朝仁宗時，市人有能談三國事者，或採其說加緣飾，作影人，始爲魏、吳、蜀三分戰爭之象。』又焦循「劇說」引「都城紀勝」云：『凡影戲，乃京師人初以素紙雕鏃，後用裝色裝皮爲之。其話本與講史書者頗同，大抵眞假相半，公忠者雕以正貌，奸邪者與之醜貌。』這本寓有褒貶之意。我們於此，可以窺見宋代戲劇的進步。（三）樂曲。講到宋代的樂曲，才具有眞正戲曲的意義，上述的滑稽戲、小說和雜戲，只用以諷刺時事或表演故事，不能算是戲曲，不過附帶述及，聊以考見後世戲劇的淵源罷了。蓋眞戲劇必與戲曲相表裏，須具有言語動作歌舞三者相連的故事表演，才符合戲劇的條件。宋代盛行的詞，也叫近體樂府，在當時讌集的時候，用以歌唱侑觴，徒歌而不舞，還不能算是戲曲。那時歌舞兼備的，要算「傳踏」這一種樂曲。傳踏也叫「轉踏」或「纏達」。北宋時代的轉踏，常用一曲連續歌唱，每一首詠一件事情；共若干首，則分詠若干事情。但也有合若干首而專詠一件事情的。它的制度，以歌者爲一隊，且歌且舞，以娛賓客。（其歌辭見王國維「宋元戲曲史」頁四一六，詞長不錄。）宋代還有所謂「隊舞」，隊舞的制度，有小兒隊和女弟子隊，它的裝飾各因其隊名而異：如佳人剪牡丹隊，則著紅生色砌衣，戴金冠，剪牡丹花；採蓮隊則手執蓮花。這種樂舞，已具備歌舞劇的體制了。此外兼歌舞之伎的則爲大曲。宋代的大曲，淵源於唐代的胡樂大曲。它的體制，據王灼「碧雞漫志」說：『凡大曲有散序、靸、排遍、攧、正攧、入破、虛催、實催、衮遍、歇拍、殺衮，始成一曲，謂之大曲。』陳暘「樂書」說：『大曲前後緩疊不舞，至入破則羯鼓、襄鼓、大鼓與絲竹合作，勾拍益急，舞者入場，投節制容，故有催拍歇拍，姿致俯仰，百態橫出。』我們可以想見當時這種歌舞戲的狀態了。此種大曲雖便於敘事，但它的動作都有一定的規則，要想完全演一故事，也不很容易。且當時大曲，都是敘事體而不是代言體，就是演故事，也不過爲歌舞戲的一種，還不能說是純粹的戲曲。後來漸感覺到這種敘事體的大曲，不能容納繁雜的題材，於是才有合諸曲而成的諸宮調。諸宮調大多是從前的小說故事，每一宮調的組織，多或十餘曲，少或一二曲。金代董解元的「西廂記」，就是諸宮調的創始。

兩宋戲劇，都謂之雜劇，到了金代，才有院本的名稱。怎樣叫做院本？據王國維「宋元戲曲史」說：『院本者，「太和正音譜」云：行院之本也。初不知行院爲何語，後讀元刊「張千替殺妻」雜劇云：「你是良人良人宅眷，不是小末小末行院。」則行院者，大抵金元人謂倡伎所居。其所演唱之本，即謂之院本云爾。』觀此，可知院本的意義，本是倡伎所歌的唱本。據他考定爲金人所作。

到了元代的雜劇，比以前的戲曲更加進步。每一劇都用四折，每折換一宮調，每調中的樂曲，必在十曲以上，比大曲來得自由，比諸宮調更覺雄肆。而且字句不拘，可以增減。這是它進步的一種。次之，由敘事體而變爲代言體。宋人的大曲，多爲敘事體；金代的諸宮調，雖有代言之處，然在大體上祇能說是敘事。只有元雜劇，在科白中敘事，而曲文全是代言。在戲曲史上開一新紀元，我國的眞正戲曲便從此產生。這是不能不大書特書的一件事。至於元雜劇的淵源，據王國維氏的分析：元劇所用之宮調，共三百三十五章，其中出於大曲者十一，出於唐宋詞者七十有五，出於諸宮調中各曲者二十有八，在三百三十五章中，出於古曲者一百有十，殆占全數之三分之一。那可知非完全出於創作，是由綜合各舊曲而成。

元雜劇的進步，既如上述，但元劇大都限於四折，且每折限一宮調，又限一人唱，它的規律很嚴，不容踰越。所以莊嚴雄放，是它的所長；而於曲折詳盡，猶嫌美中不足。能夠打破這限制，一個劇本沒有一定的折數，一折（南戲叫做一齣）沒有一定的宮調，而且不但以幾個腳色合唱一折，更有以幾個腳色合唱一曲的，而各個腳色都有白有唱，那就要數到南戲的異軍特起了。這不能不說是我國戲劇的成功時代。講到南戲的淵源，出於宋代，殆無疑義，但何時進步到這樣地位，則無從考證。據王國維的分析，謂南戲五百四十三章中，出於古曲的凡二百六十章。可知也是揉合古曲而成，並非出於一時的創造。但到底創始於何時，卻沒有準確的考定。明祝允明「猥談」說：『南戲出於宣和之後，南渡之際，謂之溫州雜劇。』王國維謂溫州不無關係，據他說是出於宋末的戲文。現在所存最古的南戲，只「荊」「劉」「拜」「殺」與「琵琶記」五種——「荊」是「荊釵記」，「劉」是「白兔記」，「拜」「殺」是「拜月」「殺狗」二記。這五種戲曲，都出於元明之間，其內容的故事關目，淵源很古，可見元雜劇於古劇的關係，是很密接的。

註　①見王世貞「曲藻」。②見盧冀野「詞曲研究」。③見劉熙載「曲概」。

第三章　南北曲及其派別

第一節　南北曲

怎樣叫做南北曲？這是從字面上說，以地域來區分的。所謂「北曲」，就是中州的音調；「南曲」，是大江以南的音調。再從歷史上說，其淵源都出於隋唐時代，也有由詞遞變而成的。但在宋代以前的作品，現在都已失傳，只能在遺留的故籍中，略略考見它的厓略罷了。到了元朝，北曲始大大的盛行。有人說元朝以曲取士，（但據清人蔡顯謂證之元史，並未以曲取士。）所以曲學非常發達，作家也特別多。因爲元朝建都於北方，所以北曲就非常流行。以聲律而論，南曲多豔麗，北曲多雄放。明陸深說：『綺羅香澤之態，綢繆宛轉之度，正今日之南詞也。登高望遠，舉首高歌，而逸懷豪氣，使人超乎塵垢之表者，近於今日之北詞也。』①徐文長（渭）也說：『聽北曲使人神氣鷹揚，毛髮洒淅，足以作人勇往之志，信胡人之善於鼓怒也。所謂其聲噍殺以立怨是已。南曲則紆徐綿渺，流麗婉轉，使人飄飄然喪其所守，而不自覺，信南方之柔媚也。所謂亡國之音哀以思是已。』②至於評論南北曲的短長，吳郡王元美說得更爲透澈。他說：『北主勁切雄壯，南主清峭柔婉。北字多而調促，促處見筋；南字少而調緩，緩處見眼。北辭情少而聲情多，南聲情少而辭情多。北力在絃，南力在板。北宜和歌，南宜獨奏。北氣易粗，南氣易弱。此其大較。』③於此，我們可以見到南北曲的界說，和作風的不同。可是元人雖以北曲擅長，而也有作南曲的。現在所存有的琵琶拜月二記，就是元人作的南曲。元代南曲作家還不止此。據徐文長「南詞敘錄」所引宋元舊曲篇目，共有六十餘種之多，都是南曲。可見此種曲本，在明代尚有遺留，到現在僅散見曲詞，全本已無從考見了。

再就它的體例來說：元人雜劇，至多四折，元人所作的大多是北曲。凡北曲概無引子，只有楔子。（即題前或過渡處之小段落）通折必用一人獨唱，不許雜他人唱。歌唱的是一人，說白的又另是一人。串演的態度也很簡單，不如現在的戲劇歌唱說白和動作表演，完全由一人兼任；所以一人通折全唱，毫不費力。後來覺得這種演唱，未免太呆板而單調，劇情也不能充分表演，於是，就由北曲改變而爲南曲。南曲聲調既柔和宛轉，唱的又不限定人數多少，唱一支歌曲，帶上幾句說白，又用面部表情或全身動作來表示劇情，這樣就成爲歌舞劇的長足進步，便由雜劇一變而爲傳奇。

北曲限定一人獨唱，既然這樣單調，照理應當在淘汰之列。但劇曲家因爲在劇情和節奏方面，南曲有時不能適合演奏，仍須應用到北曲，以調節聲情。所以北曲仍不能完全廢止。蓋南曲聲調柔曼，只適合於寫情或閒逸優游的劇情。假使碰到英雄豪俠悲歌慷慨的緊張場面，那南曲牌名，就感到不適用，就是有一兩套可用，也因爲它有贈板的緣故，弛緩而不緊湊，不像北曲的伉爽，所以傳奇全部，仍然有數折應用北曲的。這是南北曲的特異點，也就是南北曲能互相調和的緣故④。

北曲的沒落時期，也就是南曲的代興時期。北曲到了元中葉以後，日漸衰落，南曲作家便應時而起。到了明嘉靖年間，崑山魏良輔創行崑曲，一般作者，靡然向風，遂助長南戲的勢力而更趨繁盛。同時，帶有地方色彩的弋陽腔（盛行於江西、兩京、湖南、閩、廣一帶）餘姚腔（流行於會稽、常、潤、池、太、揚、徐一帶）海鹽腔（流行於嘉、湖、溫、台一帶）的種種南戲，也都被崑腔揉合融化，而成為南戲的燦爛時代。

註①見明陸深「谿山餘話」。②見徐渭「南詞敘錄」。③見王驥德「曲律」。④參考許之衡「曲律易知」。

第二節　派別

（一）散曲　明寧獻王朱權所撰「太和正音譜」列有樂府十五體，此十五體中，據任中敏氏的見解，以為有八體可認為散曲內容的分類，七體才涉於派別。現在先把十五體列舉如下：

（1）丹丘體　豪放不羈。　就是關於意境曠達，辭句亢爽的一派作品。

（2）宗匠體　詞林老作之詞。　就是指筆下老練的作品。

（3）黃冠體　神遊廣漠，寄情太虛，有餐霞服日之思，名曰道情。道情就是參透世情的作品，其內容有兩種：一是關於超脫凡塵的；一是關於警醒世俗的。

（4）承安體　華觀偉麗，過於佚樂。承安，金章宗正朔（即年號）。包括慶賞祝賀，和及時行樂的作品。

（5）盛元體　快然有雍熙之治，字句皆無忌憚；又曰不諱體。指直言不諱的作品。

（6）江東體　端謹嚴密。指循規蹈矩，不流入恣肆放誕的作品。

（7）西江體　文采煥然，風流儒雅。指極意渲染詞采，用筆雅致的作品。

（8）東吳體　清麗華巧，浮而且豔。指筆調清麗，不質實而又美化的作品。

（9）淮南體　氣勁趣高。指筆意奔放而又趣味深長的作品。

（10）玉堂體　公平正大。指歌功頌德的作品。

（11）草堂體　志在泉石。指隱逸自樂的一派作品，凡歸田樂道的作品，均屬此體。

（12）楚江體　屈抑不伸，攄衷訴志。指遭受屈抑，自訴衷曲的一派作品。惟此類作品很少，屬於尋常感歎思慕而抒情自慰的居多。

（13）香奩體　裙裾脂粉。　指男女言情的作品。

（14）騷人體　嘲譏戲謔。　據任氏謂此體名目欠妥，因其實際與「楚江體」絕異，而名目則甚相混。此體的著作，已多屬於俳體。再嘲譏和譏刺不同。元人散曲，態度大抵光明磊落，要罵人便明明白白的罵，絕少暗中影射的。

（15）俳優體　詭喻淫虐，即淫詞。　指詭而又淫虐的作品。但淫詞屬於俳體的一種，此外屬於非淫詞的俳體還很多。

以上十五體中，據任氏謂其中「一、丹丘體」、「二、宗匠體」、「五、盛元體」、「六、江東體」、「七、西江體」、「八、東吳體」、「九、淮南體」七體，應是散曲作家的派別，而不是體式。他分析七派的含義而又歸納爲「豪放」「端謹」「清麗」三派。他的意思，以爲「盛元體」的字句皆無忌憚，「淮南體」的氣勁趣高，都可包括在「丹丘體」豪放不羈之內；「西江體」的文彩煥然，風流儒雅，可以附於「東吳體」的清麗華巧一派，不必再立體制。至如「宗匠體」的詞林老作，不過指作者的筆下老練而言，任何各派中都具有這種特色，不能獨立成爲一派。介於豪放和清麗兩者之中，較爲平實中和，自可歸入「端謹」一派。所以在事實上僅舉豪放、端謹、清麗三派，已可廣包一切了。現在把這三派的代表作品，就元明作家中各選取三首如下：

折桂令　　元盧　摯

想人生七十猶稀，百歲光陰，先短了三十。七十年間，十載頑童，十載尪羸，五十年除分晝黑，剛分得一半兒白日。風雨相催，兔走烏飛，仔細沈吟，都不如快活了便宜。

又　　元庾天錫

環滁秀列諸峰，山有名泉，瀉出其中。泉上危亭，神仙好事，締構成功。四景朝暮不同，宴酣之樂無窮，酒飲千鍾。能醉能文，太守歐翁。

又　　元張可久

對青山强整烏紗，歸雁橫秋，倦客思家。翠袖殷勤，金杯錯落，玉手琵琶。人老去西風白髮，蝶愁來明日黃花。回首天涯，一抹斜陽，數點寒鴉。①

以上三首都是北曲，就中盧作全用白話，意境固然曠達，吐辭也很亢爽，可爲豪放一派的代表作品。庾作通首脫胎歐陽修「醉翁亭記」的古文，詞意也頗不俗，但比較前後兩首，顯見平穩，而機趣也略遜，是介於兩者之間的中庸作品，可歸入端謹一派。張作除卻「回首天涯」四字外，其餘句中句外（句中如青山與烏紗。句外如二三兩句，四五六三句，七八兩句，十與十一兩句。）皆成對偶。而意趣瀟灑，不因辭藻的修飾而傷繁縟，當然可列入清麗一派。

朝元歌　明馮惟敏

花街，柳街，風月時時賣；陽臺，楚臺，雲雨連年債。愛重如山，情深似海，一刻千金難買。分付多才，青春一去不再來，且把錦心埋，常將笑口開，榮枯利害，丟搭在九霄雲外。

懶畫眉　明陳所聞

滄洲何幸結比鄰，文雅還憐意氣眞。溪頭明月照開樽，酒酣脫帽支雙鬢，白眼看他世上人。

一封書　明金　鑾

青溪畔小園，任荒蕪種幾年；黃庭畔小箋，任生疏寫半篇。分來紅葉春前好，摘去青葵雨後鮮。又不顛，又不仙，拾得榆錢當酒錢。②以上三首，都是南曲，同屬隱逸一類。它的內容，固然相去不遠；可是第一首有飄然出塵之想，當然屬於豪放一派；第三首清俊綿渺，可歸入清麗一派；而中間一首，卻屬於兩者之間的中和派，可以列入端謹一派。

上文所舉三派，在元明人作品中雖可見其概略，但就元曲中嚴格分別，實只有「豪放」「清麗」兩派永遠相對峙。現在再依任氏的分析而剔去端謹一派，以豪放清麗兩派來論元人的作風。代表豪放一派的，當以馬致遠爲代表。馬氏的作品，見「東籬樂府」，有令百零四首，套十七首，除喬吉、張可久外，元人散曲的篇幅，常以馬氏爲最豐富。他的「秋思」一套，自元周德清以來，即評爲散曲中第一。茲摘錄他的煞尾一段，如下：

『蛩吟罷，一覺纔寧貼；雞鳴時，萬事無休歇。爭名利何年是徹？看密匝匝蟻排兵，亂紛紛蜂釀蜜，鬧穰穰蠅爭血。裴公綠野堂，陶令白蓮社，愛秋來那些：和露摘黃花，帶霜烹紫蟹，煮酒燒紅葉。想人生有限杯，渾幾個重陽節？人問我，頑童記者，便北海探吾來，道東籬醉了也。』

從這一段，我們可以窺見他意境超逸，吐屬豪邁的作風。清麗一派，當以喬、張爲代表。喬吉有「喬夢符小令」一卷，他的作品，雅俗兼該，融洽無間。清厲樊榭（鶚）批評他的曲，以爲『出奇而不失之於怪，用俗而不失之於文，』殊爲確評。現錄其「水仙子」情詞一首，以概其餘。

『眼前花怎得接連枝？眉上鎖新教配鑰匙，描筆兒鉤銷了傷春事，悶葫蘆咬斷線兒，錦鴛鴦別對了箇雄雌，野蜂兒難尋覓，蠍虎兒甘害死，蠶蛹兒別罷了相思。』

這首曲運俗成麗，不失曲家本色。喬氏以外，關漢卿、查德卿也常有這種奇麗的作品，如關氏「不伏老」一套煞尾尤爲著名：

『我卻是蒸不爛煮不熟搥不匾炒不爆響噹噹一粒銅豌豆，子弟每誰教您鑽入他鋤不斷斫不下解不開頓不脫慢騰騰千層錦套頭。我玩的是梁園月，飲的是東京酒，賞的是洛陽花，扳的是章臺柳。我也會吟詩，會篆籀，會彈絲，會品竹；我也會唱鷓鴣，舞垂手，會打圍，會蹴踘，會圍棋，會雙陸。你便是落了我牙，歪了我口，瘸了我腿，折了我手，天與我這幾般兒歹症候，尚兀自不肯休。只除是閻王親令喚，神鬼自來鉤，三魂歸地府，七魄喪冥幽，那其間纔不向這煙花路兒上走。』

張可久有「張小山北曲聯樂府」三卷，外集一卷，共七百餘首，爲元人散曲中流傳最多的一個。此外並無一劇曲，所以可說張氏是散曲的專家。他的作品，十分之八九爲雅麗一派，和喬氏的奇麗，適成雅俗不同的清麗派代表作家。茲錄其「一半兒」一首：

『花邊嬌月靜粧樓，葉底滄波冷翠溝，池上好風閑御舟。可憐秋，一半兒芙蓉一半兒柳。』

他的詞句，已有些略近於詞了。可見與喬作以俗爲麗的迴然不同。徐再思、任昱、李致遠、曹明善等都是他的流派。他們的作品，大致都在張氏的範疇以內，不再一一列舉。

以上論元人散曲的派別，現在再就明清兩代，約略論之。明代可就崑腔流行前後兩時期分別來說。在崑曲未流行以前，北曲盛行，所謂明初十六家（即王子一、劉東生、王文昌、谷子敬、藍楚芳、陳克明、李唐賓、穆仲義、湯舜民、賈仲名、楊景言、蘇復之、楊彥華、楊文奎、夏均政、唐以初。）中，只有舜民一人的作品，流傳的有五十餘套，此外各作家，只有二三篇，實不足以言派別。湯氏的作品，多為贈答酬應之作，除端謹之外，就中一二小令，也能參用豪放或清麗一流。十六家以外，只有周憲王朱有燉的「誠齋樂府」，作品豐富，裒然成帙，可稱當時的一家，但內容也十分之九流入端謹。所以明初散曲，大都跳不出端謹範疇之外。此後作家，則康海為一派，馮惟敏為一派，王磐為一派，沈仕為一派。這四派都能獨樹一幟，各具面目，就中康、馮趨於豪放，王、沈流入清麗，也都有獨到的地方。大抵康海（著有「沜東樂府」）以本色為豪放，擺脫明初闒茸之習，有功於明代散曲的作風不少。但其所失，則在少剪裁而又缺少元人的眞趣，其集中無非是憤世、樂閑兩類作品居多。馮惟敏（著有「海浮山堂詞稿」）為最有生氣最有魄力的作家，他在明代散曲中，彷彿詞家的辛稼軒，作品多豪辣奔放，把胸中怨憤不平之氣，痛快淋漓的傾瀉而出，一無做作，大有怒馬騰空之勢。在他之後，唐寅小令，間有和他相近處。在他之前，有一常倫，也稍微和他相似，但才氣卻遠不及他。王磐（著有「王西樓樂府」）的作風清麗瀟疏放逸，能得元人喬張之趣。明代作家中，惟金鑾一人，能和他抗手而同列一派。沈仕（著有「唾窗絨」）也是清麗派人物，以善香奩體著聞，頗能得元人王鼎之趣。他的作風豔冶而生動，可惜稍流於淫冶。除此四派之外，還有楊慎夫婦、陳鐸、陳所聞，也可列入清麗一派之內。

在崑腔以後的時期，只有南曲，而北曲便亡了。南曲又多參用詞的成分，於是形成所謂南詞，而曲又亡了。自從魏良輔創行崑曲，梁辰魚便首先採用而創製新曲，他著的劇曲「浣紗記」和散曲「江東白苧」兩大作品，掀動一時的詞壇，張旭初推崇他爲「曲中之聖」。這時沈璟也有「南曲譜」和「南詞韻選」兩大著作爲曲家放一異彩，奠定韻律的規模，龍子猶稱他爲「詞家開山」。這兩位作家，一是文藝界的領袖，一是聲律界的泰斗，爲崑腔以後崛起的兩大派。一時詞林，雖濟濟多才，但總跳不出他們兩派圈子之外。梁派中堅人物爲龍子猶；同沈氏一派而才具較長的爲王驥德。可是論者謂梁氏柔性之美，雖然能代表南方人的性格，但太接近宋詞，意境未免受到種種束縛。沈氏偏重聲韻，以文字來遷就韻律，又未免失掉文學的意義，而生氣索然。這時又有一支異軍突起，就是劇曲家湯顯祖的「四夢」，和散曲作家施紹莘的「花影集」。他們兩人，文章既不從梁派，韻律又不蹈襲沈氏，完全獨張一軍，不屑傍人門戶。但論者謂太重美感，而不受韻律的範疇，又未免為兩家之病。

以上明人散曲，在崑腔興起前後，康、馮、王、沈、梁、沈、施七家，是當時曲家中的佼佼者。此外還有所謂才士曲派，如王世貞、汪道昆、屠隆輩的散曲。論者謂全非當行，那可說是在自鄶以下了。

明人承襲元代的餘緒，只可說是曲的流變，而不能說是曲的創造，所以在詞壇的地位，並不能稱獨擅勝場。然而在當時還有一種叫做「小曲」的，卻是明人別出心裁的創作。陳宏緒「寒夜錄」紀卓珂月的一段說話：『我明詩讓唐，詞讓宋，曲讓元，庶幾「吳歌」、「掛枝兒」、「羅江怨」、「打棗竿」、「銀絞絲」之類，為我明一絕耳。』此種小曲，完全是男女間講情愛的戀歌，句句白描，別饒風趣，現在採錄二首如下：

風入松　陳　鐸

想才郎一去幾多時，誰知他節外生枝。書來只說功名事，不道著恩情兩字。本待要尋活覓死，怕落下歹名兒。

江兒水　龍子猶

郎莫開船者，西風又大了些，不如依舊還奴舍。郎要東西和奴說，郎身若冷奴身熱，且受用而今這一夜，明日風和，便去也奴心安貼。

至於清代的散曲，大約也可分爲四派：第一是南曲派，如沈謙、吳綺、陳維嵋、蔣士銓、吳錫麒一班人都是。他們承襲明末梁、沈的餘風，而愛作南曲。第二是騷雅派，如朱彝尊、厲鶚、劉熙載、許光治等人就是。他們崇尙喬、張的清麗，而愛作北曲。第三是道情派，就是所謂「黃冠體」，是徐大椿所倡導。他能夠把社會間的積弊和民間的惡習，盡情揭發，不像鄭燮的警世道情，僅以勿貪富貴功名，爲消極的勸喻，所以他的作品，具有悲天憫人的救世宏願，自能獨立成爲一派。第四是趙派，趙名慶熹，他的作風，具有自己的獨特面目，能夠確守元人的成法，而不徒襲元人的形貌，任中敏稱揚他的作品，可列於「曲家正統之中」。③

(二) 劇曲　劇曲是指具有情節動作說白的歌舞劇，宋金的雜劇院本，還沒具有純粹歌舞劇的資格，所以派別也無從談起。現在單就元以來雜劇和明清的傳奇來說：

(甲) 雜劇　「太和正音譜」列有雜劇十二科，即

(1) 神仙道化　(2) 隱居樂道　又曰林泉丘壑

(3)披袍秉笏　即君臣雜劇　(4)忠臣烈士
(5)孝義廉潔　(6)叱奸罵讒
(7)逐臣孤子　(8)鏺刀趕棒　即脫膊雜劇
(9)風花雪月　(10)悲歡離合
(11)煙花粉黛　即花旦雜劇　(12)神頭鬼面　即神佛雜劇

上列十二科，大都屬於內容的分類，和派別實在沒有甚麼關係。現在把它列舉在上面，無非使讀者知道雜劇有這幾種種類罷了。元人雜劇，都能以本色見長。他們的流派，據吳梅「戲曲概論」約可分爲三派：關漢卿是屬於豪放的一派，王實甫是屬於研鍊濃麗的一派，馬東籬卻屬於輕俊的一派。若以地域來說；則以大都、東平和浙中爲最盛。其他作家，大多散居各行省，又都是一班浮沈下僚落魄無聊的文人。他們的作品，都是從意興所至，隨便寫作，以供自己或別人的欣賞，並沒有「藏之名山，傳之其人」的目的。王國維說：「中國最自然的文學，要算元曲，」這句話，我想研究中國文學的人，大概都能夠一致公認的。王、關、馬三位作家，都是大都（元朝京師稱爲大都，即現在的北平）人，也就是當時三派的代表作家。關漢卿天才豪邁，落筆雄奇，所作「救風塵」、「玉鏡臺」、「謝天香」諸劇，筆意奔放，丹丘先生評爲「如瓊筵醉客」。王實甫所作「西廂記」、「麗春堂」諸劇（現僅存此二種），豔冶而研鍊，丹丘稱爲「花間美人」。馬東籬的作品，典雅清麗，「漢宮孤雁」一劇，臧晉叔以爲元劇之冠。這三家在當時成鼎峙之勢，領袖群倫，蔚爲大都之冠。後起的王仲文、楊顯之，也都是大都人。仲文所作的「救孝子」，顯之所作的「臨江驛」、「酷寒亭」，也都是那時的名作。顯之作品多當行語，實爲關派的嫡系。還有大都人石子章，所作的「竹塢聽琴」，正如「清風爽籟」，頗得馬派的神髓，而幽豔實超過馬作。在眞定的作家，有白仁甫（樸）、李文蔚、尙仲賢、戴善甫一班人。仁甫的作品，高華雄渾，和三家並轡元初，「梧桐雨」一劇，尤得盛譽。文蔚「燕青博魚」劇作，描寫市井情狀，維妙維肖。尙仲賢「柳毅」、「英布」二劇，描繪難以形容的境界，亦稱傑搆。戴善甫的「風光好」，其俊麗不亞實甫。在東平有高文秀、張時起、顧仲清、張壽卿等作家。高氏爲關派健將，所著「梁山泊」劇最負盛名。時起得名在「昭君出塞」一劇，可惜現在已無傳本。仲清的「紀信伏劍」，壽卿的「詩酒紅梨」，也都是著名的傑作。大名宮天挺，著有「范張雞黍」，襄陵鄭光祖，著作極富，現尙存有「㑳梅香」、「王粲登樓」、「倩女離魂」三種。以上所列舉的諸作家，其作風都不超越三派範圍。浙中詞派則有金志甫的「西湖夢」，范子安的「竹葉舟」，陳存甫的「錦堂風月」，鮑天祐的「史魚尸諫」，王日華的「桃花女」。人才濟濟，也可說盛極一時。此外流寓中的，有喬夢符、曾瑞卿等，也都是詞壇碩彥，雅負盛名的作家。至如江州沈和（字和甫）創南北合腔，有「瀟湘八景」、「歡喜冤家」等作品，開後來傳奇的先聲，作金元劇曲的結束，從此作風爲之一變，在文學史上是一個承前啓後的作家，他的貢獻是不可磨滅的。（元人雜劇，可閱臧晉叔編的「元曲選」。）

明代的雜劇作家，在明初有寧獻王朱權，爲明太祖第十七子，他對於音律很有研究，著有「太和正音譜」，幷釐定雜劇十二種。又太祖之孫周憲王朱有燉，是明朝著作最豐富的一位作家。所著有「誠齋雜劇」二十五卷。著名的十六家中，有作品流傳的，只有王子一的「誤入桃源」，谷子敬的「城南柳」，賈仲名的「金童玉女」、「對玉梳」、「蕭淑蘭」，和楊文奎的「翠紅鄉」六種（均見「元曲選」）。除上述以外明代負盛名的作家，有王九思的「沽酒游春」、「中山狼」（僅一折）二劇，王元美說他不在漢卿、東籬之下。康對山也有「中山狼」一劇，作風恬澹疏宕，遠在九思之上。最膾炙人口的，要算徐渭（文長）的「四聲猿——合・漁陽弄、「翠鄉夢」、「雌木蘭」、「女狀元」四種作品而成。其中「女狀元」一劇，用南詞來塡寫，打破雜劇定格，開後來南劇的先河。湯若士稱他爲「詞壇飛將」。他的作風，精警豪邁，氣勢磅礴，確是當時文壇的一位怪傑。梁辰魚以南詞負盛名，北劇也爲拿手好戲，才思橫溢，詞藻豔麗，「紅線」一劇，描寫女俠身分，能夠恰如其人，允稱傑作。沈自徵爲寧庵（沈璟）之姪，家學淵源，著有「鞭歌妓」、「霸高秋」、「簪花髻」三劇，凄咽感人，沈泰把他的作品，比作杜少陵的「秋興」詩。此外還有汪道昆、陳與郊、葉憲祖一班人，也負時名，尤以憲祖作品爲最豐富。女作家葉小紈所作「鴛鴦夢」詞亦工雅，惟筆力略纖弱，不脫女孩兒家本色。總觀明代雜劇的作風，又有很顯著的轉變：元劇以樸拙見長，至明一變而爲妍麗，缺少蒼莽雄肆的氣概。在元代的劇作家，多半爲潦倒不知名的文人，到了明代，由文學家來執筆，民間文學，漸漸移轉於文人階級之手，而成爲貴族化的玩賞之品。至如體例方面，也多變更，元劇多爲四折，明劇由一折而至五七折，不限多少，較爲活動而不呆板。元劇多一人獨唱，守之甚嚴；明人又打破此例，有各人各唱一折的。（明人雜劇，可閱讀沈泰編的「盛明雜劇」。）

清人雜劇，數量上較明人爲多。明人只有九十餘種，清人卻達一百四十餘種之多。（見吳梅「戲曲概論」）可是在明代末年，雜劇已至衰落時期，多爲死的模仿，很少活的創造。到了清朝，更趨末流。這時間領袖詞壇的，爲吳偉業、尤侗等一班作家。梅村固然是當時的能手，而尤西堂的作風，更能別具創格，吳梅稱他的曲詞，如珊珊仙骨，直譬爲「一朝之弁冕」。梅村的作品，有「臨春閣」、「通天臺」二劇，「通天臺」曲詞，在字裏行間，很多流露故國之思，這也是環境使然，所謂傷心人別有懷抱，凄惋情緒，自然難免。西堂有「讀離騷」、「弔琵琶」、「桃花源」、「黑白衛」、「清平調」五種雜劇，運筆蒼勁而又清麗，確是一代名家。嵇永仁號抱犢山農，所著「續離騷」亦悲涼慷慨，具有豪邁作風。在乾隆中獨步一時的，要算蔣士銓，他的代表作品，爲「四絃秋」一劇。但吳梅氏以爲不及陳浦雲（名棟）。他說：『清代北曲，西堂後要推昉思（洪昇），昉思後便是浦雲，雖藏園（士銓號）且不及也。讀浦雲作，方知關、王、宮、喬遺法，未墜於地。全書具在，吾非阿好也。』黃兆魁的「紅樓夢」，亦為人所稱賞，其作風亦在陳、仲二人以上。（陳厚甫、仲雲澗皆有「紅樓夢傳奇」。）咸豐同治以後，作家更寥寥無幾，只有徐午閣的「白頭新」，差能繼武前賢。以上所述，不過就幾個代表作家，略為介紹，以覘當時的作風罷了。

（乙）傳奇　元人的代表文學是「曲」，明人的代表文學便是「傳奇」。傳奇肇始於南戲，高明（則誠）的「琵琶記」，施惠的「拜月亭記」（亦名「幽閨記」），都是元人的創作，卻奠定了傳奇的基石。嗣後振采劇壇，在文學史上占重要地位的，便有所謂「荊劉拜殺」四大傳奇的流布。其中除「拜月」為元人作品外，「荊釵記」為明寧獻王朱權所作，曲白都很自然。「劉」就是「白兔記」（「今樂考證」謂『今本所傳「白兔記」，古本曰「劉寄奴」』）作者已不可考。「殺狗記」為明徐晒所作。這兩種傳奇，措詞粗鄙，雖然沒有甚麼文學意義，但終不失為傳奇的開宗。其後便有吳江、臨川、崑山三大派出現。吳江派的領袖是沈璟（字寧庵，號詞隱，吳江松陵人），他對於曲學，造詣極深，尤重規律，作品有十七種之多，現僅存「義俠」一種。他的代表作是「紅蕖」一記，足以上繼商、施，不愧為詞壇哲匠。屬於這一派的有顧大典、葉憲祖、卜世成、呂天成、王驥德等一班人。臨川派的領袖是湯顯祖（字義仍，號若士，江西臨川人），他以絕代奇才，從事曲學，哄動劇壇的四大傑作「臨川四夢」——「邯鄲記」、「南柯記」、「紫釵記」、「還魂記」，眞如奇花耀采，巧奪天工，相傳有許多女郎，讀他的「還魂記」後，而致情死。他的作品，只顧馳騁詞華，不肯綑守矩法。他與吳江卻成反派，吳江嘗說，「寧協律而詞不工，」他卻說，「余意所至，不妨拗折天下人嗓子。」他只從文學的立場作曲，不管他協律不協律，好唱不好唱，可見他們兩人作風的不同了。屬於這一派的，有阮大鋮，李玉等作家。其中尤以阮大鋮的代表作「燕子箋」，為最負盛名，能得臨川的神髓。崑山一派，創始於魏良輔。良輔，太倉人，曾訂曲律，為一般歌曲家所宗奉。梁辰魚衍其流而推動其波瀾，作「浣紗記」，一時風靡吳下。「靜志居詩話」：『邑人魏良輔，能喉囀音聲，始改弋陽、海鹽為崑腔，伯龍（辰魚字）塡「浣紗記」付之。王元美詩：「吳閶白面冶遊兒，爭唱梁郎雪豔詞。」』可見他的魔力之大。可是魏氏雖為崑腔的創造者，但他個人卻並無作品流傳，這也是一件很可怪的事。總此三派以觀，吳江注重聲律，臨川專逞詞藻，為此二派的調和者，還有吳石渠（名炳，著有「粲花」等劇五種）、孟子若（名稱舜，有「嬌紅記」等劇）、王伯良（名驥德，有「題紅記」等劇）、范香令（名文若，著有「鴛鴦棒」等九種）等一班人。他們都能守吳江之法，而得臨川的藻采。兩家所長，兼而有之，足稱為融合兩派的鉅子。崑山派當創始時，僅用於當時的傳奇散曲，到後來逐漸把南曲北曲，混合為一，統統譜成崑腔，它的勢力遂大大發展。同時流行的海鹽、餘姚、弋陽諸腔，亦被其淘汰融和，真是一支詞壇的生力軍。它的流風餘韻，自從明代的嘉、隆以及清代的乾、嘉三百年間，一直繁衍不衰，當時我國劇壇，幾為崑腔所獨佔，這在我國戲劇史上，確是一個奇跡。

在清代開國之初，為戲曲家的領袖人物，當推梅村、西堂。梅村所著有「秣陵春」，西堂所著有「鈞天樂」傳奇，均為時人所傳誦。西堂作品，具有大魄力，不愧為詞壇飛將。同時作家，有李元玉（名玉，著有「一捧雪」等傳奇三十一種）、袁蘊玉（名令昭，一字白賓，著有「西樓記」等傳奇六種）、吳石渠（著「綠牡丹」等五種）、馮猶龍（其署名或作龍子猶，或作馮夢龍，其實是一人。所著有「風流夢」等十一種）一班人，也都是著名人物。錢塘李笠翁（名漁）卻是當時劇壇上的一位怪傑，著有十種曲，最負盛名。北里南曲之中，無不知有李十郎者。他的著作，充塞歌壇，他嘗自比作柳七（宋柳永），對於排場角目，尤擅勝場。而長洲吳氏說他的作品結構雖好，可惜只能供優伶演唱，很缺少文學意味。他說：『笠翁諸作，布局雖工，措詞殊拙。僅足供優孟之衣冠，不足入詞壇之月旦。』又說：『紅友、山農，遠勝笠翁。』這對於他作品的評價，卻能深中綮要。然而就排場科白講，他終是一位有很深研究的作家。陽羨萬紅友（名樹），承石渠的作風，思想新穎，描寫深刻，不襲元曲之貌，而能得元曲之神，無怪吳推崇他在笠翁之上。吳秉鈞也說他風流蘊藉，而能談言微中。④他的作品，有「風流棒」等傳奇九種。詞華精粲，宮律諧和，允稱上乘。繼此而起的，便有所謂「南洪北孔」的兩位偉大作家，洪就是洪昇（字昉思，號稗畦，錢塘人），他的傑作就是「長生殿」傳奇，孔就是孔尙任（字季重，號東塘，曲阜人），他的代表作就是「桃花扇」傳奇。這兩部偉大作品，在詞壇上呈放著空前的異彩，一直風行海內，而爲戲劇界的明燈。這兩部書，又可說是我國的寫實派，根據史實來描寫，不是憑空虛構的蜃樓海市。他的影響於後來，也著實不小，開後來寫實之風，破除小說家荒唐之習，所以他們兩位，又可說是劇曲界的中興人物。乾、嘉以後，主持劇壇的，要算藏園——蔣士銓。他以詩人本色，寄情檀板，頗得清婉諧和之致。他的代表作品是「臨川夢」一劇。託諸幻想，使湯若士身入夢境，和「四夢」中人，在夢中廝見，也是別開生面的作品。此外作家，如夏綸（字惺齋）「惺齋六種曲」，亦稱佳構，惟略嫌頭巾氣太重。黃韻珊尚不失矩度。其他均無足稱。迨同、光以後，詞壇衰落，作者幾至絕響。皮簧亂彈興起，崑山一派，遂至彫落無餘。⑤

註 ①以上三首，見「陽春白雪」。②以上三首，見「南宮詞紀」。③本節參考任中敏「散曲概論」。④語見吳秉鈞「今樂考證」。⑤本節參考吳梅「戲曲概論」、盧前「明清戲曲史」、華連圃「戲曲叢譚」、鄭震「中國近代戲曲史」。

第四章　體例

曲的體例，可分散曲和劇曲兩種來說。依一般的分別：凡不演述故事的，叫做散曲，包括小令、散套而言；演述故事的，叫做劇曲，就是雜劇和傳奇。但據任中敏氏的見解，以爲這種分法，還嫌不對。因爲僅僅就演述故事來說，不能作爲散曲和劇曲的定義。所謂故事，不外記述言語和行動。散曲中有記述言語的，也有記述動作的，又有一方面記述言語，一方面隨而寫著動作的。假使單就內容的演述故事與否，而定散曲與劇曲的界說，未免太嫌籠統。他的意見，以爲應就有無科白來分，較爲妥貼。他說：

『散曲所記之言動，爲零碎片斷，且無科白。科白者，散文也；曲，韻文也。劇曲記事，必具首尾，故不能離科白；散曲記事之所謂記，終屬描寫居多，而敘述有限，故不須科白，然則欲爲散曲下一定義，或者曰：凡不須有科白之曲，謂之散曲，當較爲妥貼矣。』

所謂科白，科，是指戲曲中的動作而言；白，就是說白。凡演戲劇，必具有歌唱、動作和言語三個條件，這樣來分別散曲和劇曲的性質，自然較爲妥適。現在爲求更明瞭起見，我們可以把它下一個切實的定義：『凡具有歌唱、動作和說白，可以在舞臺上表演的叫做劇曲；沒有說白、動作而只可以歌唱，不能表演的叫做散曲。』這樣，或許比較簡單而明瞭。

我們明白了散曲和劇曲的性質，現在更就第一章所列的簡表，將散曲和劇曲的各種體例，分節述之於後。

第一節 小令

小令是散曲的一種，體制比較短小，是對於成套之曲而言。體制雖然小，但和詞中所謂五十字以內的小令，是不同的。它的別名，元人叫做葉兒。許守白說：『小令者，僅取曲之短調，填一二支，其法與作詞無異。每牌自爲片段，固無所謂律也。』①據許氏的說法，作小令比較容易，不必一定有成式。但南北曲宜於作小令的曲牌，也有一定，不像填詞的可以任意選調。至於製腔用韻，也有一定格式。再就神韻和氣勢來講，正像做七絕詩一樣，短短的幾句詞中，要包括全首的首尾，取意又要新穎，使人讀起來，覺得有一種餘味，悠然不盡。劉熙載說：

『曲家高手，往往尤重小令。蓋小令一闋中，要具事之首尾，又要言外有餘味，所以爲難。不似套數，可以任我鋪排也。』②

這確是至論。但此關於作法方面，不在本節範圍以內，且容下面作法章內，再來研究。

元人小令，起初流行於燕、趙一帶，後來漸次散播各地；到了明宣、正以後，中原又盛行「瑣南枝」、「傍粧臺」、「山坡羊」諸種曲牌。③因爲它的體制短小，既可用以抒情寫景，又可在口頭歌唱，作爲清唱的材料，所以他的流布，自然一天繁盛一天。現在把它的體制，約略列舉於後：

一、尋常小令　此指單闋之曲而言，爲最簡單的曲。它的體制，和詩的一首，詞的一闋相當。每首一韻到底。若另換一調，或另立一意，便可分離獨立，各自成篇。蓋以每一曲牌爲單位，所以在曲中要算最簡單了。現在把尋常小令採錄一首如下，以示其例。

天淨沙　　無名氏（據堯山堂外紀爲馬致遠撰）

枯籐老樹昏鴉，小橋流水人家。古道西風瘦馬，夕陽西下，斷腸人在天涯。

二、摘調　從套曲中最精采的一二調摘取下來，作爲小令，叫做摘調。它的原製並非小令，因在全套內摘出，所以名爲摘調。因爲全套的詞句，當然敷泛的多。倘然精采部分在尾聲，便不能摘。若在尾聲以外，所在之調，又可單獨傳唱，作爲小令的，那末便把它摘下來，作爲小令。「中原音韻」作詞十法後，附有定格四十首，其中有「雁兒落帶得勝令詠指甲」的一首，題下注一摘字，這就是摘調的一種。和詞中的摘遍情形相同——宋人在大曲許多遍之中，摘取其精采的一遍，叫做摘遍，如「泛清波摘遍」、「熙州摘遍」等就是。

三、帶過曲　作者塡一調既畢，意猶未盡，再續拈一他調。而此兩調之間，音律又湊巧能夠銜接，這種便叫帶過曲。倘兩調意思還嫌不夠，可以連續作至三調；但到三調爲止，不能再增。倘使還要再增，那只好改作套曲了。帶過曲起初只在北曲小令中有這種例子，後來南曲內和南北合套內，也有偶然倣效的。帶過二字，或連用，或任用其一；或用兼字，或用兼帶均可。

有北帶過北，有南帶過南，也有南北兼帶的。

四、集曲　凡截取各調的零碎句法，聯綴而成一新曲，另立一新牌名，叫做集曲，彷彿詞中的犯和攤破。有兼集尾聲的和不集尾聲的兩種，以南曲爲盛。如南曲譜所列總牌名之下，分注的小牌名，都是集曲。

五、重頭　凡用同調的曲，重複作兩首或兩首以上，叫做重頭。質言之，重複的次數多少，全無一定，至少兩首，甚而至於五首十首或至百首，也沒有不可以的。在詞中前後闋完全相同的，叫做重頭，起頭幾句前後不相同的，叫做換頭。在曲中前後數首同用一調的叫重頭，和帶過曲不同的地方，帶過曲乃用不同的調一首相帶過；重頭則用同調若干首相重複。帶過曲數調帶過，即當認爲一闋，必須同用一韻；重頭雖然重複許多首，每闋各獨立成一首，每首可用不同的韻。帶過曲只能用一個題目，重頭可以每闋換一個題目。例如元人張可久所著的「賣花聲」，同用一「賣花聲」的曲調，連續分做「春」「夏」「秋」「冬」四首，每首的韻，亦各自不同，而總題目叫「四時樂興」。茲錄其詞如下：

賣花聲　四時樂興

春　　　　　　　　　　　　　　張可久

鼕鼕簫鼓東風暖，是處園林景物妍，一春常費賣花錢。東郊遊玩，西湖筵宴，樂醄醄滿斟頻勸。

夏

澄澄碧照添波浪，青杏園林煮酒香，浮瓜沈李雪冰涼。紗櫥籐簟，旋篘新釀，樂醄醄淺斟低唱。

秋

瀟瀟鞍馬秋雲冷，一帶西山錦畫屏，功名兩字成飄零。東籬瀟灑，淵明歸興，樂醄醄故園三徑。

冬

陰風四野彤雲密，繚繞長空瑞雪飛，銷金帳裏笑相偎。氈簾低放，滿斟瓊液，樂醄醄醉了還醉。

六、同調重頭演故事的小令　重頭本來是同調的，這裏又說同調重頭，是對於異調間列而言。因為演述故事的小令，當然有許多情節，不是一調所能包括，所以必須用重頭來演述。如「雍熙樂府」中的「「摘翠百詠」、「小春秋」，用「小桃紅」的曲調，連續重複至一百首。從張生離洛陽敘起，直至崔、張團圓，一同赴官爲止。這種體制，說它是劇曲，則並沒有科白；說它是散套，則每調又各自爲韻，且爲北曲，而沒有尾聲。所以名爲演故事的同調重頭。原文有一百首，每首都有標題。因爲篇幅所限，不能全部採錄。現在從百首中摘錄五首如下，以見一例。

小桃紅　西廂百詠

六十一　夫人詰紅

叮嚀行坐守閨房，誰料你將心放！夜靜更深沒攔當，小花娘，勾引小姐同胡創。有何勾當？因甚狂蕩？實與我說行藏。

六十二　紅娘受責

家翻宅亂鬧啾啾，諕的我難開口。惱犯尊顏怎收救？沒來由，自家攬得愁來受。雨點似棍抽，火急般追究，做媒的下場頭。

六十三　紅答夫人

既然奶奶問根苗，只索從頭道：當日寺中解危鬧，那功勞，至今一向何曾報。俺姐姐意好，怕哥哥心惱，因此效鳳鸞交。

六十四　鶯鶯自念

這場煩惱怎周折！老母尋枝節，暗箭連珠把人射。枉咨嗟，兢兢戰戰心喬怯。臉兒羞怎遮？懷兒愁怎卸？有甚話兒說！

六十五　紅勸夫人

尊前敢掉巧舌頭，有事當窮究！看了張生那清秀，本風流，胸中志氣沖牛斗。與姐姐既有，望奶奶將就，結末了燕鶯儔。

七、異調間列演故事的小令　這是用不同的調或兩調相間而列，記述言語的小令，也就是問答體。如「樂府群玉」中載有王日華題「雙漸小青問答」，共十六首，它的調名、題目如下：

(1)慶東原　黃肇退狀　(2)天香引　問蘇卿　(3)天香引　答

(4)鳳引雛　再問　(5)鳳引雛　答　(6)凌波仙　駁

(7)凌波仙　招　(8)天香引　問馮魁　(9)凌波仙　答

(10)天香引　問雙漸　(11)凌波仙　答　(12)天香引　問黃肇

(13)凌波仙　答　(14)天香引　問蘇媽媽　(15)凌波仙　答

(16)凌波仙　議擬

以上十六首，共用「慶東原」、「天香引」、「鳳引雛」、「凌波仙」四調，那就不能說是同調重頭。十六首中除一起一結外，其餘是七問七答（駁和招也是問答）。而問答中，又往往用不同的兩調，相間而列。既沒有尾聲，又不同韻，當然不能說它是套曲，所以名爲異調間列演故事的小令。這故事又是記言的，所以又可說是問答體。原來這是記審問一件案子的事，起首退狀，就是原告撤回訴狀；末段議擬，就是判決。雙漸小青的故事，是一件流傳社會的風流案子，所謂蘇卿，就是小青。小青愛茶商馮魁多錢，便不惜對雙漸背約，由問官傳集原被告審判。王日華就用十六首小令來把他演述。現在把它的起頭一首和中間問答共摘錄七首如下：

（1）慶東原　黃肇退狀

于飛燕，並蒂蓮，有心也待成姻眷。喫不過雙生強嚙，當不過馮魁門諞，甘不過蘇氏胡㨱；且交割麗春園，免打入悲天院。（悲天院應作卑田院）

（2）天香引　問蘇卿

悄排場慣見曾經，自古惺惺，愛惜惺惺。燕友鶯朋，花陰柳影，海誓山盟。那一個堅心志誠？那一個薄倖離情？只問蘇卿，是愛馮魁？是愛雙生？

（3）前調　答

平生恨落風塵，虛度年華，減盡精神。月枕雲窗，錦衾繡褥，柳戶花門。一個將百十引江茶問肯，一個將數十聯詩句求親。心事紛紜，待嫁了茶商，怕誤了詩人。

（8）天香引　問馮魁

馮魁唻！你自尋思，這樣嬌姿，俠了琴瑟。不用紅娘，只留紅定，便繫紅絲。量你呵，有甚麼風流浪子！怎消得多情俊俏婇兒？供吐實詞，說了緣由，辨個妍媸。

（9）凌波仙　答

黃金鑄就劈閑刀，茶引糊成剗怪鍬，廬山鳳髓三千號，陪酥油儘力攪。雙通叔你自才學，我揣與娘通行鈔。他掂了咱傳世寶，看誰能夠鳳友鸞交。

（10）天香引　問雙漸

小蘇卿窰變了心腸，改抹了因緣，倒換排場。強拆鴛鴦，輕分鶯燕，失配鸞鳳。實丕丕兜籠了富商，虛飄飄蹬脫了才郎，你試思量，不害相思，也受淒涼。

（11）凌波仙　答

陽臺雲雨暫教晴，金斗風波且慢行。小蘇卿是接了馮魁定，俏書生便噤聲。沒來由閑戰閑爭，非干是咱薄倖，既然是他淺情，我著甚甘害心疼。

註　①見許之衡「曲律易知」。②見劉熙載「曲概」。③見沈德符「顧曲雜言」。

第二節　散套

散套，是對劇曲中不散之套而言，也稱套數。由宮調相同的數曲牌，或十數曲牌相聯貫而成。最長的套，有聯貫至數十調的。普通情形，套曲的組成，有須注意的數點：其一，每套必有「尾聲」，即每套的結尾，以表示全套的樂曲已成一闋。其二，連續第一支曲的，北曲稱「么」（或稱么篇），南曲叫「前腔」。其三，全套首尾須一韻到底，不能換韻。其四，沒有科白。現在分尋常散套、重頭加尾聲之套、尋常無尾聲之套、重頭無尾聲之套分別述之如下：

一、尋常散套　在尋常散套之中，有南北分套和南北合套的分別。南北分套，即南曲散套，北曲散套，有種種不同之點：（1）南套全部，分引子、過曲、尾聲三部分，引子，即引於曲前之意，不論宮調，每牌亦不必全塡；過曲，就是正曲，也就是引子下第一曲，是由引子轉過的意思。北套在尾聲以外，無可分劃。（2）北套借宮①之風很盛，有全套連尾不過五六調，而借他宮之調，有至四五闋的。南套則不然。（3）北套尾聲，繁簡長短不一，每每和他調混合爲一體。煞尾部分，非常之長，不是一調所能盡容，有分若干段的，如十三煞、十煞、七煞等。南套尾聲很簡單，句法平仄，雖隨宮調而異，但大抵十二板，所以尾聲又名十二時。又北套尾聲，也有稱「煞」、「尾」、「煞尾」、「收尾」、「結音」、「慶餘」的；南套尾聲，也有稱「餘音」、「餘文」、「意不盡」、「情不斷」、「十二拍尾」的。（4）南套聯法沒有失傳，變化更動，作者倘使通曉音律，還可隨便自主。若北套中，首尾數曲，雖然好像有一定，而中間各曲，聯法已經不詳，作者只好遵守前人的程式罷了。南北合套，創始於元人沈和（見前派別），是取南北曲曲牌性質相近的聯成一套，所以叫做南北合套。因爲北曲每套限一人唱，歌唱的人覺得是很苦的一件事。南曲由各人分唱，便覺省力的多。而且南北聲音，又各有所偏，是應該互相調和，融和在一起，更能得中和之益。它的規律，要在南北兩調的聲音，恰能銜接而又和諧。在通曉音律的人，不妨按律配合，自無不合；如果隨便連綴，必致貽留笑柄，所以只好遵依前人常用的程式，方不致錯誤。它的聯法，普通多一南一北，相間排列；但亦不一定。懂音律的人，只要得到音律和諧，也不必守一南一北相間的成例，一南二北或二南四北，也未始不可以的。今將尋常散套舉一例如下：

南呂一枝花　湖上晚歸　張可久

長天落綵霞，遠水涵秋鏡。花如人面紅，山似佛頭青。生色圍屏，翠冷松雲徑，嫣然眉黛横。但攜將旖旎濃香，何必賦横斜瘦影。

〔梁州〕挽玉手、留連錦裀，據胡床、指點銀瓶，素娥不嫁傷孤另。想當年小小，問何處卿卿？東坡才調，西子娉婷，總相宜千古留名。

吾二人此地私行，六一泉、亭上詩成，三五夜、花前月明，十四絃、指下風生。可憎，有情，捧紅牙，合和伊川令。萬籟寂，四山靜，幽咽泉流水下聲，鶴怨猿驚。

〔尾〕岩阿禪窟鳴金磬，波底龍宮漾水精。夜氣清，酒力醒，寶篆銷，玉漏鳴，笑歸來彷彿二更，煞强似踏雪尋梅灞橋冷。

二、重頭加尾聲之套　南曲中有將一調重頭，聯至十數，末加尾聲，而成一套的。散套中的重頭，和小令中的重頭有別。小令中每調都可以重頭；散套必定在疊用之曲，方可屢用前腔（即重頭），加尾成套。小令重頭，不限於韻；散套重頭，必須在一韻之內——按重頭成套，本來以不加尾聲爲原則。所以加尾聲者，多因文意方面，必須有幾句結束語的緣故。

三、尋常無尾聲之套　散套普通都有尾聲，但也有少數之曲，沒有尾聲的。大概有三種特殊的原因：（1）所用曲調有特別情形者，不用尾聲；（2）用帶過曲作結的，可以省去尾聲；（3）所用的末調，可以代替尾聲的，則不再用尾聲。

四、重頭無尾聲之套　重頭沒有尾聲之套，只有南曲中有這種體例，沈璟「南曲譜」說：『一個牌名做二曲，或四曲、六曲、八曲，及兩個牌名各止一二曲者，俱不用尾聲。』一個牌名做兩曲、四曲等等，和兩個牌名各做二曲以成一套的，固然可以沒有尾聲；就是三牌或四牌各做二曲四曲不等以成一套的，也可以沒有尾聲。此三牌四牌的前面也有加用引子的。這種都是重頭沒有尾聲的散套。又兩牌的重頭有相間排列的，不過它每牌不止一首，而其體是重頭，所以也可以沒有尾聲。其例如：

「引」……「白練序」……「醉太平」……「白練序」……「醉太平」……「白練序」……「醉太平」

如上例，除引以外，「白練序」「醉太平」兩牌各重作三首，相間排列，並沒有尾聲，也可以成套了②。

註　①借宮，即在某宮調借用某牌名。劉熙載『曲概』說：『曲有借宮，然但有例借，而無意借。既須考得某宮調可借某牌名，更須考得部位宜置何處，乃得節律有常，而無破裂之病。』參看下第五章第一節。　②本節及上第一節參考任中敏『散曲概論』。

第三節　院本

院本是金人所創，爲倡伎所唱的劇本，已在第二章「曲的起源」內講過。據王國維說：『院本之體例，有白有唱，與雜劇無異，惟唱者不限一人。』但金人的院本，已早亡佚，無從考證。元人的院本，現在也沒有留存，所以它的體例，也全無可考。至於它的唱法，據王國維所說，是不限定一人歌唱，而明人徐充「暖姝由筆」①卻說：『扮演戲文跳而不唱者，名院本。』是只有跳舞而沒有歌唱了。此說恐怕不能成立，王國維已加以駁斥，他根據明周憲王「呂洞賓花月神仙會」雜劇中的一段院本（其曲文見後），來證明有白有唱。又引「水滸傳」所載白秀英所演院本有歌唱和說白來證明徐說的沒有根據②。又毛奇齡「西河詞話」論院本的唱法說：『其時司唱猶屬一人，仿連廂之法，不能遽變。』按連廂本帶唱帶演，以司唱一人，彈琵琶和吹笙笛的各一人，列坐而唱③。可知院本唱法和連廂大抵相同，而不至於沒有歌唱。嚴長明「秦雲擷英小錄」也說：『金、元間始有院本，一人場內坐唱，一人場上應節赴焉。』亦足證明院本的唱法。

金人院本無從考見，已如上文所述，它的名目，僅見於明陶九成「輟耕錄」（卷二十五）所載。「輟耕錄」云：『金有雜劇、院本諸宮調，院本雜劇，其實一也。國朝院本雜劇，始釐而二之。』又按「太和正音譜」謂「倡夫詞不入群賢樂府。」是院本本爲倡夫所唱，而被棄於士大夫階級所著的樂曲之內。「輟耕錄」所載院本名目，都是金人所作，其中名目詭譎，大抵不是文人的作品。所載金院本名目共十一類，作品曲名六百九十種。現在把它的名目錄載如下：（作品目繁，不及備載。）

（1）和曲院本十四種　所著曲名，都是大曲、法曲。和曲大抵是大曲、法曲的總名。

（2）上皇院本十四種　上皇指徽宗。其中金明池、萬歲山、錯入內、斷上皇等，都是明示徽宗時事。

（3）題目院本二十種　題目，即唐以來合生的別名。清王棠知新錄云：合生，即院本雜劇也。

（4）霸王院本六種　疑演項羽的故事。

（5）諸雜大小院本一百八十九種

(6)院么二十一種

(7)諸雜院爨一百零七種 爨也是院本的別名。陶氏云院本又謂之五花爨弄。

(8)衝撞引首一百十種 衝撞的意義不詳。引首，即引於曲前的意思。

(9)拴搐豔段九十二種 拴搐的意義不詳。夢粱錄說：雜劇先作尋常熟事一段，名曰豔段，次作正雜劇，則引首與豔段疑各相類。豔段，輟耕錄又謂之燄段，曰：燄段，亦院本之意，但差簡耳。取其如火燄，易明而易滅也。

(10)打略拴搐八十八種

(11)諸雜砌三十種 雜砌，或亦爲滑稽戲的一類。雲麓漫抄云：近日優人作雜班，似雜劇而稍簡略。雜砌，或亦爲雜班之類。

上列名目，僅可考見一些大略。金、元的院本，據王國維「宋元戲曲史」亦謂無從考見。有人以爲「董西廂」是金院本的碩果僅存者；但王氏把它列入諸宮調之內，不當它是院本。王實甫「西廂記」，毛奇齡以爲是元時的院本，他所著的「西河詞話」說：『其有連數雜劇而通譜一事或一劇或二劇或三四五劇，名曰院本。「西廂」者，合五劇而譜一事者也。』但王氏也把他列入元代第一期雜劇作家之內。王氏「宋元戲曲史」元院本章內說：

『元人院本，今無存者，故其體例如何，全不可考。唯明周憲王「呂洞賓花月神仙會」雜劇中，有院本一段，此段係憲王自撰，或剪裁金、元舊院本充之，雖不可知；然其結構簡易，與北劇南戲，均截然不同，故作元院本觀可，即金人院本，亦即此而可想像矣。』

現在把他所採錄的院本全文，轉錄如下：

末云：『小生昨日街上閒行，見了四個樂工，自山東瀛州來到此處打趖覓錢，小生邀他今日在大姐家，慶會小生生辰。偌早晚還不見來。』

辦淨同捷譏、付末、末泥（均角色名，見下。）上，相見了，做院本長壽仙獻香添壽院本上。捷云：『歌聲纔住。』末泥云：『絲竹暫停。』香云：『俺四大佳戲向前。』付末云：『道甚清才謝樂。』捷云：『今日雙秀才的生日，您一人要一句添壽的詩。』捷先云：『檜柏青松常四時。』付末云：『仙鶴仙鹿獻靈芝。』末泥云：『瑤池金母蟠桃宴。』付淨云：『都活一千八百歲。』付末打云：『這言語不成文章，再說！』淨云：『都活二千九百歲。』付末云：『也不成文章。』淨云：

『有了，有了，都活三萬三千三百歲，白了髭鬚白了眉。』付末云：『好！好！到是一個壽星。』

捷云：『我向你一人要一件祝壽底物。』捷云：『我有一幅畫兒，上面三個人兒，兩個是福祿星君，一個是南極老兒。』問付末云：『我有一幅畫兒，上面四科樹兒，兩科是青松翠柏，兩科是紫竹靈芝。』問末泥云：『我有一幅畫兒，上面兩般物兒，一個是送酒黃鶴，一個是銜花鹿兒。』淨趨搶云：『我也有，我有一幅畫兒，上面一個靶兒，我也不識是甚物，人都道是春畫兒。』付末打云：『這個甚底將來獻壽？』淨云：『我子頤歡會長生。』淨趨搶云：『俺一人要兩般樂器，一般是絲，一般是竹，與雙秀才添壽咱。』捷云：『我有一個玉笙，有一架銀箏，就有一個小曲兒添壽，名是「醉太平」。』捷唱：

『有一排玉笙，有一架銀箏，將來獻壽鳳鸞鳴。感天仙降庭，玉笙吹出悠然興，銀箏搊得新詞令，都來添壽樂官星，祝千年壽寧！』末泥云：『我也有一管龍笛，一張錦瑟，就有一個曲兒添壽。』末泥唱：

『品龍笛鳳笙，彈錦瑟泉鳴，供筵前添壽老人星，慶千春萬齡。瑟呵！冰蠶吐出絲明淨。笛啊！紫筠調得聲相應。我將這龍笛錦瑟賀昇平，飲香醪玉瓶。』

付末云：『我有一面琵琶，一管紫簫，就有個曲兒添壽。』付末唱：『撥琵琶韻美，吹簫管聲齊，琵琶簫管慶樽席，向筵前奏只：琵琶彈出長生意，紫簫吹得天仙會，都來添壽笑嘻嘻，老人星賀喜！』

淨趨搶云：『小子兒也有一條絃兒一個孔兒的絲竹，就有一個曲兒添壽。』淨唱：

『彈棉花的木弓，吹柴草的火筒，這兩般絲竹不相同，是俺付淨色的受用。這木弓彈了棉花呵！一夜溫暖衣衾重。這火筒吹著柴草呵！一生飽食憑他用。這兩般，不受飢不受冷過三冬，比你樂器的有功！』

付末打云：『付淨的巧語能言。』淨云：『說遍這絲竹管絃。』付末云：『藍采和手執檀板。』淨云：『漢鍾離書捧眞筌。』付末云：『鐵拐李忙吹玉管。』淨云：『白玉蟾舞袖翩翩。』付末云：『韓湘子生花藏葉。』淨云：『張果老擊鼓喧闐。』付末云：『曹國舅高歌大曲。』淨云：『徐神翁慢撫琴絃。』付末云：『東方朔學踏爨。』淨云：『呂洞賓掌記詞篇。』付末云：『總都是神仙作戲。』淨云：『慶千秋福壽雙全。』付末云：『問你付淨的辦個甚色？』淨云：『哎哎！哎哎！我辦個富樂院裏樂探官員。』付末收住：『世財紅粉高樓酒，都是人間喜樂時。』末云：『深謝四位伶官，逢場作戲；果然是錦心繡口，弄月嘲風！』

看了上面的一種劇本，我們對於元院本的情形，大概可以明瞭。其中捷譏、末泥、付末、付淨，都是這劇本中所扮的腳色。捷譏，古代優伶稱爲樂官，又是一個扮演滑稽的腳色。「丹丘曲論」云：『捷譏，古謂之滑稽，院本中便捷譏諢者是也，俳優稱爲樂官。』在這裏又與引戲（亦腳色名）相同，因爲他的說唱，都在前面。末泥，就是正末。「丹丘曲論」謂：『當場男子謂之末。末，指事也。亦謂之末泥。』末，是開場始事的腳色，即後世所稱的老生。末泥又名戲頭，好像現在的領班，因爲他是雜劇腳色中的首長。付末、付淨，就是副末副淨，淵源於唐代的蒼鶻、參軍。淨是參軍兩字的促音，副淨是淨的副手，所以宋人也稱副淨爲參軍。副末，古代稱謂蒼鶻。鶻是凶猛的鳥，能夠撲打眾鳥，所以副末可以打副淨。「輟耕錄」說：『副淨古謂之參軍，副末古謂之蒼鶻。鶻能擊禽鳥，末可打副淨。』試看上面所錄的院本中，付末打付淨共三次，我們可以窺見古劇的遺意。又「夢粱錄」說：『雜劇中末泥爲長，每一場四人或五人。……末泥色主張，引戲色分付，副淨色發喬，副末色打諢。』所謂「主張分付」，都是主編排命令的事，好像現在的導演，他自身不再演戲。發喬，是故意裝作愚昧無知的情狀，以供人家嘲弄。打諢，則從而發揮之，以供人家笑樂。這四種分配，實能代表宋代戲劇腳色的職務。我們在上錄的一劇中，就可以見到。

現在因敘述上的便利，把院本雜劇中的腳色，在這裏附帶略述一下。惟本書不在作高深的研究，而只供讀者的略窺門徑，所以對於古籍參考和引證，概從省略，只把主要的略爲介紹解釋罷了。

在金元院本中，有「五花」的名目：五花，就是「副淨」「副末」「末泥」「孤裝」「狚」五種腳色。「丹丘曲論」，雜劇院本中的腳色，有「正末」「副末」「狚」「孤」「靚」「鴇」「猱」「捷譏」「引戲」九種。王國維的「古劇腳色考」，所引種類更多。

關於淨的有　淨（即古參軍二字之促音，俗稱花面，以粉墨塗面而扮演者。或謂其面不淨，故反言之。）　副淨（見上）　參軍（在唐代扮演假官的腳色。）　靘（同淨）　靚（與靘同）

關於末的有　末（戲劇中扮演老生者）　蒼鶻（見上）　正末　副末　沖末（即副末）　小末（又名二末）　末泥（見上）　小末泥　二末　外（外末的省稱。於正腳色外，又加某色充任，叫外。）

關於旦的有　狚（「丹丘曲論云」：『當場之妓曰狚。狚、猿之雌也，名曰猵狚，其性好淫。俗呼旦，非也。』王國維以爲此說無稽。按此或係古稱，已不通行，應作旦爲是。）　旦（徐渭「南詞敘錄」以爲宋時妓女，以樂器置籃中，擔之以出，號曰花擔。後因省擔爲旦。「旦」，當爲劇中扮飾婦女的總稱。）　妲（同旦。羅膺中以爲妲與姐形似而誤。當亦指扮飾婦女之腳色。）　正旦（現在戲劇中稱爲青衣旦。）　裝旦（由男子假扮的婦女。）　老旦　小旦　閨門旦（即小旦）　武小旦（能跳打者）　副旦　貼旦（又名風月旦，亦名副旦。）　貼（貼旦之簡稱。）　風月旦　色旦（即花旦）　搽旦（即花旦）　外旦（參看上「外」）　旦兒（即小旦）　花旦（古謂凡妓以墨點破其面者曰花旦。）　猱（古爲妓之總名，亦以稱旦。）

關於孤的有　狐（扮飾官吏的優伶。「丹丘曲論」云：『狐當場裝官者也，今俗譌爲孤。』）　孤（古時王公自謙爲孤，故以之稱扮飾王公官吏的優伶。）　孤裝（即假裝之官吏。）　裝孤（同孤裝。）

其他　丑（丑即夒字之省文。但元以前絕少見，或係明人羼入。）　卜兒（老旦）　鴇（「丹丘曲論」妓女之老者曰鴇，或爲卜兒之促音。按元明劇中稱鴇者很少。）　捷譏（見上）　邦老（扮飾的惡人）　引戲　孛老（稱男子之老者）　徠兒（假扮之小兒）　徠（同徠兒）　細酸（元人稱秀才）　祇從（從人）　雜當（雜色）

註　①見「續說郛」卷十九。　②見王國維「宋元戲曲史」。　③金代作清樂，仿遼時大樂之製，有名連廂詞的，帶唱帶演，以司唱一人，琵琶笙笛各一人，列坐唱詞，而又以男名末泥，女名旦兒，并雜色人等入勾欄扮演，北人謂之連廂，大抵以連四廂舞人而演其曲，故名。見毛奇齡「西河詞話」。

第四節　雜劇

雜劇，是有白有唱有動作，表演故事的代言體戲曲。它的淵源遠從唐代的傳奇，到了元朝才大盛行。它的名目，差不多承襲宋代的雜劇詞，體例是從院本蛻化而來。本節所述，乃單指元雜劇而言。趙子昂說：『良家子弟所扮雜劇，謂之行家生活；倡優所扮者，謂之戾家把戲。』是當時扮演戲劇的有良家與倡優兩個不同的階級，彷彿現在的票友和優伶。現在把它的體例約略分述如下：

一、每劇的折數　元劇以一宮調之曲一套爲一折（傳奇作一齣）。況周儀「眉廬叢話」①引王伯良「校注古本西廂記凡例」謂：『元人從折，今或作出，又或作齣。出既非古，齣復杜譔，字書從無此字。』一折，大概是一個段落，彷彿一章，普通雜劇，大抵四折。惟紀君祥（或作紀天祥）「趙氏孤兒」一本五折，這是例外。每折的曲子，必須同一宮調；又限於一韻到底，不能中間換韻。據梁廷枬「曲話」：北曲中第一折必用仙呂「點絳脣」套曲，第二折多用南呂「一枝花」套曲，其餘則多用正宮「端正好」，商調「集賢賓」等調。

二、楔子　雜劇每本四折，已如上述。四折之外，假使有餘情未盡，尚須另加一段時，用小令一二支加入，那就叫做「楔子」。楔子的意義，猶如在木器揷縫中間，敲入一些細碎小木，使它緊聚而不鬆洩。據吳瞿安氏解釋說：『楔爲門戶兩旁木柣，今衙署大門脫限時，有兩木柱於橛端者是也。元劇取此字作爲輔佐之意。楔所以輔佐門限，此則輔佐劇情之不足，非有其他深意。』②有人說北曲的楔子，就是南曲的引子，其實不然。引子都用在第一齣之首；楔子的用法，或者加在第一折之前，或者加在各折的中間。所用曲牌，大抵用「仙呂賞花時」或「端正好」二曲。

三、科白和曲　雜劇是合動作、言語、歌唱三者的歌舞劇。用動作來表情的就叫作「科」，如「坐科」「笑科」等就是。用言語來表情的叫做「賓」「白」；用歌唱來表情的就叫做「曲」。元劇唱曲的專限一人，非正末即正旦，其他腳色，只許說白，不容歌唱，有時若唱，則限於楔子中。所以在四折中，唱的都是末和旦。而末和旦所扮的，不必都是劇中主要的人物。倘使劇中主要人物，於此折不唱時，那末就退居他種腳色，而以末和旦扮演唱者，這是元劇中的定例。③賓白的解釋，據徐渭「南詞敘錄」說：『唱爲主，白爲賓，故曰賓白，言其明白易曉也。』這是說白對唱者而言，唱者是主，白者是賓，是賓主相對的意思。但另外還有一說，明姜南「抱璞簡記」謂：『北曲中有全賓全白，兩人對說曰賓，一人自說曰白。』這又是別一種解釋。

四、腳色　元劇腳色中，除末和旦主唱，爲當場的正腳色外，還有淨有丑。此外末則有外末、沖末、二末、小末、外。旦則有老旦、大旦、小旦、旦、徠、色旦、搽旦、外旦、貼旦等。大抵和宋金的腳色差不多。（解釋已見上。）

五、題目正名　元代雜劇的末了部分，必定有一個題目和正名，用整齊相對的二句或四句，以提挈全部綱領，總結全劇節目，並在其中摘取三字或數字，以爲本劇的定名。例如馬致遠「漢宮秋」雜劇題目是『沈黑江明妃青塚恨』，正名是『破幽夢孤雁漢宮秋』。正名就作爲本劇的劇名，而簡稱爲「漢宮秋」。用四句的，如白樸「梧桐雨」雜劇，題目是『安祿山反叛干戈舉，陳元禮拆散鸞鴻侶』。正名是『楊貴妃曉日荔枝香，唐明皇秋夜梧桐雨』。念唱題目正名的，在坐間不在場上。當扮演人下場後，由坐間代爲念唱。這也是唱連廂詞的遺法。現在把馬致遠「漢宮秋」第三折節錄如下，以見一斑。

漢宮秋第三折　　馬致遠

〈番使擁旦上奏胡樂科。旦云〉妾身王昭君，自從選入漢宮中，被毛延壽將美人圖點破，送入冷宮，甫能得蒙恩幸，又被他獻與番王形像。今擁兵來索，待不去，又怕江山有失，沒奈何，將妾身出塞和番。這一去胡地風霜，怎生消受也。自古道紅顏勝人多薄命，莫怨春風當自嗟。〈駕引文武內官上云〉今日灞橋餞送明妃，卻早來到也。〈唱〉

〈雙調新水令〉錦貂裘、生改盡漢宮妝，我則索、看昭君畫圖模樣。舊恩金勒短，新恨玉鞭長。本是對金殿鴛鴦，分飛翼，怎承望！

〔駕云〕你文武百官計議，怎生退了番兵，免明妃和番者。〔唱〕

〔駐馬聽〕宰相每商量，大國使還，朝多賜賞。早是俺夫妻悒快，小家兒出外也搖裝，尙兀自渭城衰柳助凄涼，共那灞橋流水添惆悵。偏您不斷腸，想娘娘，愁都撮在琵琶上。

〔做下馬科〕〔與旦打悲科〕〔駕云〕左右慢慢唱者，我與明妃餞一杯酒。〔唱〕

〔步步嬌〕您將那一曲「陽關」休輕放！俺咫尺如天樣，慢慢的捧玉觴，朕本意、待尊前捱些時光，且休問劣了宮商，您則與我半句兒俄延著唱。

〔番使云〕請娘娘早行，天色晚了也。〔駕唱〕

〔落梅風〕可憐俺別離重！你好是歸去的忙。寡人心、先到他李陵臺上，回頭兒、卻纔魂夢裏想，便休提貴人多忘。

〔旦云〕妾這一去，再何時得見陛下，把我漢家衣服都留下者。〔詩云〕正是：今日漢宮人，明朝胡地妾。忍著主衣裳，爲人作春色。〔留衣服科〕〔駕唱〕

〔殿前歡〕則甚麼留下舞衣裳？被西風吹散舊時香。我委實怕宮車、再過青苔巷，猛到椒房，那一會想菱花鏡裏妝，風流相，兜的又橫心上。看今日昭君出塞，幾時似蘇武還鄉？

〔番使云〕請娘娘行罷！臣等來多時了也。〔駕云〕罷，罷，罷！明妃，你這一去，休怨朕躬也！〔做別科〕〔駕云〕我那裏是大漢皇帝！〔唱〕

〔雁兒落〕我做了別虞姬楚霸王，全不見守玉關征西將。那裏取保親的李左車，送女客的蕭丞相。（中略）

〔尚書云〕陛下不必苦死留他，著他去了罷！〔駕唱〕

〔七弟兄〕說甚麼，大王不當戀王嬙！兀良，怎禁他臨去也回頭望。那堪這散風雪，旌節影悠揚；動關山，鼓角聲悲壯。

〔梅花酒〕呀！俺向著這迥野悲涼，草已添黃，色早迎霜；犬褪得毛蒼，人搠起纓鎗；馬負著行裝，車運著餱糧，打獵起圍場。他，他，他！傷心辭漢主；我，我，我！攜手上河梁。他部從，入窮荒；我鑾輿，返咸陽。返咸陽，過宮牆；過宮牆，遶迴廊；遶迴廊，近椒房；近椒房，月昏黃；月昏黃，夜生涼；夜生涼，泣寒螿；泣寒螿，綠紗窗；綠紗窗，不思量。

〔收江南〕呀！不思量，除是鐵心腸；鐵心腸，也愁淚滴千行。美人圖、今夜掛昭陽，我那裏供養，便是我、高燒銀燭照紅妝。

〔尚書云〕陛下回鑾罷！娘娘去遠了也。〔駕唱〕

〔鴛鴦煞〕我煞大臣行，說一個推辭謊，又則怕，筆尖兒那火編修講。不見他花朵兒精神，怎趁那草地裏風光。唱道，竚立多時，徘徊半晌，猛聽得塞雁南翔，呀呀的聲嘹喨，卻原來滿目牛羊，是兀那載離恨的氈車半坡裏響。〔下〕〔下略〕

註　①見任二北「曲海揚波」卷三。　③見吳梅「元劇方言釋略」。　③見王國維「宋元戲曲史」。

第五節　傳奇

明人對於戲曲最大的貢獻，是「傳奇」的特有作品。比每一劇呆板四折的雜劇，不但在體制上有所改進，而對於意境運用的靈活，文字繁簡的自由，歌唱限制的寬放，聲韻寬度的拓展，在在都有顯著的進步。如雜劇普通四折，而傳奇的齣數無定，雜劇每折限於一宮調，傳奇則不拘；雜劇必須一韻到底，傳奇可以任意換韻；雜劇唱者只限一人，且唱者不能兼帶賓白，傳奇可容多人共唱，而唱者又可自由揷入說白。這種種的改進，不能不說是我國戲曲史上光榮的一頁。現在把它的體例約略敘述於下：

一、齣和曲目　雜劇一章謂之一折，傳奇卻稱爲一齣，已略述於上。折與齣意思本同。徐渭說：『高則誠「琵琶記」有第一齣，第二齣。考諸韻書，並無此字，必齝（音笞）字之誤也。牛食草而後吐曰齝，似優人入而復出也。』但沿用齣字，已成習慣。雜劇折數只有四折，所以不另標目。傳奇每本多至四五十齣，齣數既多，非各立齣目不可。齣目或用二字，或用四字。如「荆釵記」第二齣「會講」第八齣「受釵」，「琵琶記」第二齣「高堂稱壽」第六齣「丞相教女」等。惟亦有例外，如「荷花蕩」用三字，「醉鄉記」用五字，「玉鏡臺」字數不一，但終非常例。

二、開場和引子　傳奇第一齣，必是正生上起，因爲生，是全書的主體。開場白，叫做定場白，多用四六對偶句。第二齣，多是正旦上，但因劇情的不同，也可不拘；不過主要角色，多在前數齣登場。當正生出場之前，必用副末開場，略述全劇大意，謂之家門，也稱開宗。所塡者，必爲詞而非曲，通例兩首：第一首沒有什麼意思；第二首敍述全劇關節大要，二詞旣畢，以四語總括之，謂之題目正名，也有略去不用的。第一首詞後，也有接以白的，場上問而場內答，不外包括全劇大意。如「浣紗記」第一齣「家門」第一首詞之後：

『「問內科」借問後房子弟，今日搬演誰家故事？那本傳奇？（內應科）今日搬演一本范蠡謀王圖霸，勾踐復越亡吳，伍胥揚靈東海，西子扁舟五湖。（末）原來此本傳奇，待小子略道家門，便見戲文大意。』

也有將這段話略去，用「問答照常」字樣的。後來有嫌它太襲陳套，把它刪去。①

除開場白外，還有引子。所謂引子，是出場時立在場口所唱的幾句詞句。它的意思，是當出場時，不能當即說出劇中情節，於是假借眼中所見到的景物，或意中所有的情緒，先作一個籠統概括的說明，以便引起下文。引子概可不論宮調，每一引子，也不必全塡，詞句以短爲貴，除正生上場第一支引子可以稍長外，共餘多不過四句。引子習見的曲牌，爲「戀芳春」、「滿庭芳」、「絳都春」、「喜遷鶯」、「東風第一枝」、「齊天樂」、「破齊陣」、「眞珠簾」、「瑞鶴仙」、「于飛樂」等調。一人出場，只用一引子，也有數人合用一引子的。引子之外，還有衝場短曲；所謂衝場，是人未上場而我先上場之意。用在開場第二齣，雖然不是引子，用法和引子差不多。也可不拘宮調。唱的時候，假使是屬於丑、淨，也可不協絃管，就是劇場上所謂「乾唱」的意思。②

三、科、介、諢　科是動作的表情，已見前述。徐渭「南詞敘錄」說：『科者，相見、作揖、進拜、舞蹈、坐、跪之類，身之所行，皆謂之科。』解釋得更爲清楚。「介」字的意義，完全與科同。惟在雜劇中很少用介字，在傳奇曲本中用得最多，如「琵琶記」「蔡公逼試」一齣內，「蔡邕背立思想介」，等是。據許守白的解說：『介字乃界字之省文，當其讀腳本時，於唱曲念白之間，表明其演時態度，以此爲界線，喚起其注意也。』徐渭「南詞敘錄」也說：『介者，今戲文於科處皆作介，蓋書坊省文以科字作介字，非科介有異也。』是介字與科字同爲動作表情的副詞。有人以爲北劇曰科，南戲曰介，未免因習見而强分界限，似太拘泥（看下錄的「浣紗記」就可知道）。諢就是打諢，用一種滑稽的語調，令人發笑，叫做打諢。徐渭說：『諢者，於唱白之際，出一可笑之語，以誘坐客，如水之渾渾也，切忌鄉音。』李漁「閒情偶寄」對於打諢的技術，說得更爲明白。他說：『揷科打諢，塡詞之末技也。然欲雅俗同歡，智愚同賞，則當全在此處留神。文字佳，情節佳，而科諢不佳，非特俗人怕看，即雅人韻士，亦有瞌睡之時。』王驥德「曲律」說：『曲冷不鬧場處，得淨、丑間揷一科，可博人哄堂，亦是戲劇眼目。』蓋打諢是調劑觀衆的精神，措詞必須輕鬆有趣，含有極端幽默的口吻，否則便覺枯燥無味，這在全劇中也是很關重要的一件事。

四、腳色　傳奇中的腳色，和雜劇微有不同。生有正生、小生，旦有正旦、貼旦、老旦、小旦，也有外、末、淨、丑（「南詞敘錄」謂：「以粉墨塗面，其形甚醜，今省文作丑。」），更有副末、小外、副淨、中淨、雜小淨等名色。

五、下場詩　下場詩也叫落詩，傳奇每齣和全書的末了，都有一首下場詩，（見下例）彷彿雜劇中的題目正名。但雜劇是由坐間代唱，此則由扮演者自唱。若一齣中有四人唱，則每人各唱一句。現在採錄「浣紗記」第九齣全齣，以見一例。

浣紗記策九齣　捧心　梁辰魚

（祝英臺慢）（旦扮西施捧心上）臉欺桃，腰怯柳，愁病兩眉鎖。不是傷春，因甚閉門臥？怕看窗外游蜂，簷前飛絮，想時候清明初過。（憶秦娥）春已矣！楊花滿徑東風起。東風起，半投簾幙，半隨流水。思郎夢遠渾無倚，隨風好去應千里。應千里，長亭馬上，「陽關」一笛裏。奴家自浣紗溪邊遇著那人之後，感其眷顧，贈彼溪紗。今經一月，再無信音，又不知是個閒遊浪子，假作官僚；又不知是個范蠡大夫，故來調哄。我今待要信他，只恐日遠日疏，終無著落，未必是眞；若待要不信他，看他實意實心，言猶在耳，未必是假。近聞吳、越交戰，直至會稽，雖然干戈擾攘，黎庶逃亡，幸此地山谷幽深，人蹤隔絕。我想范大夫多因此事，不得工夫；然雖遲年歲，必不他適。但今展轉疑慮，日夕憂煎。〔長嘆科〕只因霎時面許，弄出滿腹離愁，害得徹夜心疼，做出一腔春病。只是織成縷縷千條恨，蹙損纖纖兩道眉，切切悽悽，啾啾唧唧，這場事好生苦楚人也。

〔綿搭絮〕東風無賴，又送一春過。好事蹉跎，贏得懨懨春病多。髻兒矬，病在心窩。爲你香消玉減，蹙損雙蛾！難道你賣俏行姦，認我做桃花牆外柯？認我做桃花牆外柯！

〔前腔〕終朝懸念，信遠音訛，好事多磨，轉眼光陰一擲梭。定如何？成敗由他。未必言而無信，更起風波。有一日弄假成眞，烏鵲塡橋催渡河，烏鵲塡橋催渡河！這裏北村有個姐姐，喚做北威，是個女醫。不免央我東家施姐姐，轉請他來看脈，喫幾貼藥，再作計較。

溪畔匆匆邂逅時，無端徹夜費相思。
欲知一點心中病，只看纖纖兩道眉。

註　①參看許之衡「曲律易知」。　②見華連圃「戲曲叢譚」。

第五章　曲律

作曲的規律，向來限制很嚴。素有樂律研究的人，還不能說動合矩法。在明代是南曲風行最盛的時代，作家能合乎曲律的，也還是少數。像一代大戲曲家湯若士，當時一般人還批評他的作品不諧音律。能諧律的，又往往受到種種束縛，弄到文辭不能動人，而他的作品，也從此不能永遠流傳普遍。的確，欲求處處合律，當然要失掉文辭上的審美性，要顧到文詞的生動和美化，又不能來遷就規律，這是一種難以兩全的事。自清季以還，曲學更趨衰替。到了晚近，一般學子，對於這種已成陳跡的曲學，——除出專門研究家以外，也沒有多大的時間和精神，來從事探討深究，更談不到規律了。所以關於這一章，只好從極淺顯處下筆，好在本書的主旨，是在幫助初學者略略懂得一些門徑，不妨選擇幾種扼要的約略來介紹一下。許守白先生也說：『古人論曲律至嚴，有四十八禁：如應去上者，不可用上去；應上去者，不可用去上；應用陽不得用陰；應用陰不得用陽；不得疊用兩上兩去之類。然執是以繩曲，則作曲之道，難之又難矣。』懂得四聲陰陽的人，尚感棘手，那連平仄聲不懂的人，更覺茫然無所適從了。

第一節　聲律

聲律，就是關於聲音上的規律，所謂聲，是指的四聲：「平、上、去、入。」除出平聲以外，上、去、入都是仄聲。辨四聲的方法，向來有一種口訣，如釋神珙「反紐圖譜」：『平聲哀而安，上聲厲而强，去聲清而遠，入聲直而促。』又釋眞空「玉鑰匙歌訣」：『平聲平道莫低昂，上聲高呼猛力强，去聲分明直遠送，入聲短促急收藏。』讀了上述的口訣，恐怕一時還不易明瞭。大抵發聲平出而沒有低昂，聲音平行緩慢而又有拖音的叫平聲。高呼而猛烈的發聲——先低後高，低久高暫的叫上聲。發聲先高後低，音向下落的叫去聲。入聲則聲極短促，最易辨別。王驥德「曲律」說：『平聲聲尚含蓄，上聲促而未舒，去聲往而不返，入聲逼側。』也可供參考。在曲中平聲又分陰平陽平，（上去亦有分陰陽者詳下。）入聲可派入平、上、去三聲。我們明白了四聲，然後可以講四聲的用法（容後分段來說）。至於辨別五音的方法，也有一個很簡單的口訣：如徐大椿「樂府傳聲」內所載「辨五音訣」：『欲知宮，舌居中（中喉音）。欲知商，口開張（齒頭正齒音）。欲知角，舌縮卻（牙音）。欲知徵，舌柱齒（舌頭舌上音）。欲知羽，撮口取，（唇重唇輕，均見原注。）辨聲音的方法，不外這幾種，要一見便知，非平時練習純熟不可。關於聲律的種種，再約略分段述之於後。

一、音韻　關於音韻，可分平仄和陰陽兩方面來說。南北曲所用的四聲，根本不同。北曲沒有入聲，這是北方人的發音如此。（現在的國音也沒有入聲）周德清的「中原音韻」，本來爲北曲而作，所以把入聲派入平、上、去三聲之中。至於南曲，自有入韻，不能廢止入聲。①毛先舒說：『北之入，作平上去，方音也。北人口語無入聲，凡入聲皆作平上去呼之，即如轂字，北人呼爲古，北曲自應從北音，故「中原音韻」轂字以入當作上而音古，凡入聲皆然。若南曲自應從南音，南人呼轂與穀谷等音同，原不呼古，凡入聲皆然，安得强派之入三聲哉？』②此論最爲明白。據他的意見，在曲中頭腹部分，同是仄聲，上去入三聲可以通用。押韻尤須單押，不能與上去通押。這是南北曲所用四聲的不同之點。但入聲也有極妙的用處。據許守白說：『入聲如藥中之甘草，無所不宜，可作平，可作上，可作去，遇平、上、去三聲用字欠妥時，可以入聲代之。然此固屬作曲之妙法，但每曲韻腳，如應用平、上、去聲者，仍不宜多用入聲字代也。惟通折用入聲韻者，則不在此例。』「欽定曲譜」凡例亦謂南曲之入聲，『應用平而借入聲者，註云作平。』則入聲的用途範圍很是廣大，要將入聲借用作平聲時，只須注明就是。但在韻腳，不能與三聲通押，這是作南曲不變的原則。至於曲律上用上去的不能用去上，用去上的不能用上去，這固然限制太嚴，使人無從措手；但據許守白氏的「曲律易知」，也有一個簡單的辦法。凡去上、上去，最重要在每句末處。在曲中的末句末字，假使遇到譜上是用去聲的，萬不可改作上聲。倘在每句末處，都能夠依譜中的上去聲固然最好，萬一在沒有辦法的時候，寧可多用去聲，萬不可多用上聲。他以爲在譜內所定的去聲字，必須用去聲照填。其他如遇有兩個上聲，必須注意檢點；兩個去聲，還可以通融。

陰陽的分辨，「中原音韻」只將平聲分陰平陽平，上去不分陰陽。清范善溱作「中州全韻」，始將去聲亦分陰陽。後來王鵕「音韻輯要」，沈乘麐

「韻學驪珠」兩部書，把上、去二聲，都分陰陽。平聲字分陰陽，還容易分辨，如「東、中」是陰平，「龍、蒙」是陽平，「江、邦」是陰平，「忙、良」是陽平。「支、之」是陰平，「兒、而」是陽平。其他可以類推。上、去分陰陽，比較困難，但據吳梅氏說，也有一個訣竅，只須把切音的上一字認明是陰是陽，便可分曉。可是講到每字陰陽的分別，在初學者固然感到極端的困難，就是對於聲韻略懂得些的，也不大容易仔細分辨。若事事加以嚴格規定，未免使人望而卻步。好在許守白氏也有一個折衷的辦法。他說：『同字之陰陽，乃製譜者握要之事，若填詞者，則尙非所急。所當留意者，惟同聲三陰三陽字連用，則必須檢點耳。』我們不是創製曲譜，可以不必十分認眞去照辦。

曲韻，在北曲多用周德淸「中原音韻」，但對於南曲，微有不宜。作南曲的，通常多用范善溱「中州全韻」（北京大學有翻印本）。因爲「中州全韻」對於南北曲都很適宜。所以曲家都把它作標準韻書。（詳見下作曲法）

二、腔調和板眼　腔，就是聲調。在文字方面，四聲陰陽都和聲調有關係。我們依譜塡詞，便可符合聲調。在唱曲方面，抑揚頓挫，是歌的格調；

停聲待拍，是歌的節奏。這種都叫做腔調。假使我們不學唱曲，可以不必去研究。（如欲明瞭唱的方法，可參看元燕南、芝庵所著的「唱論」。）但是講到板眼，卻和腔調有很大的關係，不得不在這裏附帶略說一下。「九宮譜定」說：『腔不知何自來？從板而生，從字而變；因時以爲好，古今不同尙，惟知音者審裁之。改舊爲新，翻繁爲簡，既貴清圓，尤妙閃賺，腔裏字則肉多，字簷腔則骨勝，務期停勻適聽而已。』他說的「既貴清圓，尤妙閃賺，……』未免說得太抽象，依舊使人茫然不解。不如李笠翁（漁）說得明白透徹。他把一字的出口收音分做頭中尾三部。譬如吹簫的「簫」字，本音是簫，它出口的字頭，和收音的字尾，並不是簫。假使出口作簫，收音也作簫，那末中間的正音，便不是簫字了。且出口作簫，其音一洩而盡，若是緩慢的曲調，怎樣接得下板？所以必須有一字作它的頭，以備出口之用；有一字作它的尾，以備收音之用；又有一字爲餘音，以備煞板之用。字頭是甚麼？就是西字。字尾是甚麼？就是夭字。尾後餘音是甚麼？就是烏字。③那末唱起來，便有悠揚不盡的聲調。彷彿現在的國音，「簫」字的注音符號，就是「ㄒㄧㄠ」兩字母拼合而成。他又說，『字頭字尾及餘音，皆爲慢曲而設，一字一板，或一字數板者，皆不可無。其快板曲止有正音，不及頭尾。』

板眼，就是曲的節拍，俗稱板拍。曲調的高低快慢，都從板眼而出。板眼一定，節奏便有程序。王驥德論板眼說：『曲句有長短，字有多寡，調有緊慢，一視板以爲節制，故謂之板眼。』清周祥鈺「大成曲譜論例」，其中「南詞譜例」，和「北詞譜例」兩節，分論南北板式，亦各不同。北曲板拍的緩急，變動不拘，常有一字而下三四板者。南曲每宮每支，都有一定的格式。華連圃「戲曲叢譚」，於板眼用法，解釋頗爲詳明。他把板眼分爲正板、贈板、中眼、起眼與末眼四種。（1）正板，也叫頭板，就是實板，用於實字，拍於音的初發時。（就是下板和唱聲同時並發，遇緊調時，隨字而下；細調俟唱聲出徐徐而下。）符號爲「•」（和小•不同）。等到唱聲已畢，方才下板，那叫做底板（謂下板處乃在字音之底），也叫絕板、截板，意思是截清一字之音，另起下文之音，所以分清界限；（即唱聲和板拍聲同時並收）符號爲「━」。若板拍在數字連綴的中間，叫做腰板，也叫徹板、掣板，嵌在字音未完的中間；（即此腔既過，然後下板；拍板既過，然後換腔。）符號爲「┗」（與小」有別）。（2）贈板，就是每兩正板之間，增加一板，使它的聲調和緩而動聽；符號是「×」。它的用法，和正板中的頭板相同，也用於實字，所以叫頭贈板。若在空處，即嵌在字音未完的中間，稱腰贈板。符號爲「⊠」。（3）中眼，也叫正眼，也用於實字；符號爲「○」。若在空處，叫做徹眼，也叫虛中眼。待號爲「△」。徹是通的意思，就是說當與上一個符號相連通。所以連綴於上一符號時，即當認做上一音的延長符。假使單獨注在一音的旁邊，即當認爲本音遲發一半的符號。（4）起眼和末眼，也叫頭眼和末眼。待號爲「·」（和正板的大●有別。）就是在中眼前的爲頭眼，在中眼後的爲末眼。也用於實字上。若在空處，則稱虛頭眼、虛末眼。符號爲「ㄴ」（與腰板的大ㄴ有別）。它的用法和徹眼相同。俗所稱三眼，就是指起眼、末眼和徹眼相連通而言。

華氏又舉「琵琶記」「稱慶」中「錦堂月」起句爲例，點出板眼，現在把它轉錄如下：

簾　幕　風　柔　庭　幃　晝　永

原注　上例自柔字譜旁「四」字上板，ㄧ爲底板，」爲虛頭眼。庭字譜旁○爲中眼，・爲末眼，×爲頭贈板，」爲虛頭眼。幃字譜旁○爲中眼，・爲末眼。晝字譜旁●爲頭板，」爲虛頭眼，○爲中眼，・爲末眼。永字譜旁×爲虛頭眼，・爲頭眼，○爲中眼。（參看下管色工尺）

三、襯字　襯字，就是一句中的附加語，例如「還魂記」「訓女」一齣中的第四支「玉抱肚」曲，「（從今後）茶餘飯飽破工夫」，「從今後」三字，就是襯字。又如「西廂記」第二十三齣「乘夜踰垣」第三支「駐馬聽」曲，「（兩下裏）捱一刻似如一夏」，「兩下裏」三字也是襯字。襯字和板式有密切的關係，假使對於板式不明瞭，任意加添襯字，使上一板與下一板，相隔太遠，唱的人難免有落腔出板的弊病，而且句讀也不容易分淸。凡是上三下四或上四下三的句法，萬勿任意改變，是兩句的，萬不能幷作一句；一句的不能化作兩句。例如「還魂記」「訓女」齣中「不枉了銀娘玉姐只做個紡磚兒」，這一句只有「銀娘玉姐紡磚兒」是正字，此外都是襯字，這樣一來，本是一句的，好像變作兩句了。北曲用絃索配和，沒有一定板式，所以用襯字，多少可以不拘。若南曲，則板式既有一定，在襯字上不能加板，襯字一多，則搶板不及，不免落板。所以有「襯不過三」之語。至於有贈板之曲，曲調和緩，添用襯字，尙屬無妨。若沒有贈板之曲，唱法很急，一加襯便多窒礙難唱了。

四、犯調　犯調，是說宮調曲牌的違犯通常規律。所稱爲犯調的有二種：一是借宮，一是集曲。北曲常用借宮，南曲則用集曲，現在分述如下：

（1）集曲，是取一宮中的數曲牌，各截取數句，而別立一新牌名。例如「倚馬待風雲」一牌，乃截取「駐馬聽」、「一江風」、「駐雲飛」三曲而湊成一曲。這種割裂各牌而別創新格，非對於曲律有研究的，不能任意割取，勉强湊合。爲什麼曲家要自作聰明別創新格呢？這也有一種緣故。因爲在傳奇中各齣套數，都不用重複曲牌，（同齣中用前腔，不在此例。）假使某牌前套已經用過，後套不便再用，於是改用集曲來代替。它的面目雖然稍有變更，而性質仍不變，所以在曲牌中也不可少。我們用集曲，可遵依前人的成式，如「南曲譜」所列總牌名之下，所分注的小牌名，就是集曲，不妨採用。但用集曲也須視性質而定。集曲多是細曲，丑淨不能唱，所以只適宜於生旦排場。假使丑、淨和生、旦同場，而以生旦爲主，方可參用。

（2）借宮，大略和集曲相同。傳奇每齣叫聯套數，有時於本宮曲牌之外，截取別宮的曲牌聯接，而成一套，這就叫做借宮。借宮，尤非深通音律的不辦。必須對於宮調、管色、曲牌、排場性質，素有研究，才可從事借宮。

五、賺　賺即「不是路」，多有異名，也多異體，各宮都有。凡是劇曲到移宮換調，緩急悲歡，必須藉此曲爲過接，萬不可少。

註　①見顧曲散人「太霞曲語」。②見毛先舒「南曲入聲客問」。③見李漁「笠翁劇論」。

第二節　宮調

宮調，所以限定樂器管色的高低，凡一曲必屬於某宮某調。曲既分南北，宮調亦各不同。北曲宮調，有「仙呂、南呂、黃鐘、中呂、正宮、道宮」共六宮，「大石、小石、般涉、商角、高平、揭指、宮調、商調、角調、越調、雙調」共十一調——宮和調現在已沒有甚麼分別，可以統稱爲宮調。在這十七宮調中，揭調、宮調、角調，都已有目無詞，道宮、小石、般涉、商角、高平，又曲牌很少，在傳奇中都不能獨立成套，所以在實際上，已只有黃鐘、正宮、仙呂、南呂、中呂、大石、商調、越調、雙調九種。南曲宮調，有「仙呂、正宮、中宮、南呂、黃鐘、道宮、越調、商調、雙調、仙呂入雙調、羽調、大石、小石、般涉」共十四宮調，但在十七宮調中，商角、高平、揭指、宮調，都無南詞，道宮不過數曲，小石也不適用，羽調亦少用，所以在實際上通行的，也只有仙呂、正宮、中呂、南呂、黃鐘、越調、商調、雙調、仙呂入雙調、大石十種宮調。現在把宮調與各方面的種種關係分述如下：

一、宮調與曲牌　南北宮調的不同，已如上述，而曲牌對於宮調，關係很大。因為各宮調所聯屬的套數，就用曲牌連貫。如某曲牌宜於某宮調，某曲牌合於某劇情（見下作法）。所以對於曲牌，也須認識清楚。所謂曲牌，就是曲的調名。聲調的抗墜緩急，詞句的剛柔長短，都因南北而不同。曲牌多至千種，分隸於各宮調。必定要依各曲牌的性質，納入同宮調中連綴成套。假使不明白分宮合套之法，那就要出宮犯調，曲文雖好，卻不能被之管絃。許守白氏所著的「曲律易知」，把北曲各宮調所隸屬的套數，依照順序，將曲牌一一列入，又把適合於南曲的性質以及適合於悲歡離合劇情的曲牌聯套或專用，分別載列，可惜為篇幅所限，不能轉錄，學者假使要明白同宮調同性質之曲，聯貫成套，那末這本「曲律易知」，可資考鏡。此外蔡瑩編的「元劇聯套述例」（商務版），也可參考。

二、宮調與管色　要明瞭宮調的用法，第一個條件，必須知道管色的分配。所謂管色，就是笛孔的高低，也就是俗語所稱的調門。每一支笛共六孔，計有七調。用右手食指按第一孔，放開餘孔不按，吹起來作「工」；按第一孔及用中指按第二孔，吹起來作「尺」；用無名指按第三孔，吹起來作「上」；用左手食指按第四孔，吹起來作「乙」；中指按第五孔，吹起來作「四」；六孔都按住，滿筒的音作「合」；而別將第二、第三、第四三孔按住，吹起來作「凡」。這就是曲家所稱的「小工調」。

笛管之調有七，而各調的轉變，有如下表：①

調名	各調的轉變
小工調	見上

二	尺字調	以小工調的尺字作工字，上作尺，乙作上，四作乙，合作四，凡作合，工作凡。
三	上字調	以小工調的上字作工字，乙作尺，四作上，合作乙，凡作四，工作合，尺作凡。
四	乙字調	以小工調的乙字作工字，四作尺，合作上，凡作乙，工作四，尺作合，上作凡。
五	正工調	以小工調的四字作工字，合作尺，凡作上，工作乙，尺作四，上作合，乙作凡。
六	六字調	以小工調的六字作工字，凡作尺，工作上，尺作乙，上作四，乙作合，四作凡。
七	凡字調	以小工調的凡字作工字，工作尺，尺作上，上作乙，乙作四，四作合，合作凡。

以上七調，每字都可作工，即古人「旋相爲宮」的意思。其式如下表。②

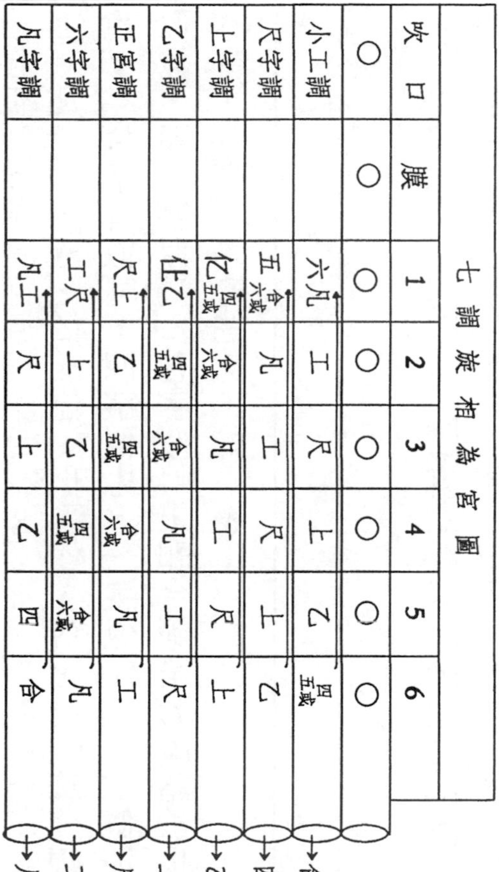

七調旋相為宮圖

吹口	膜	1	2	3	4	5	6	
○	○	○	○	○	○	○	○	
小工調		六凡	工	尺	上	乙	四或五	→合
尺字調		五 合或六	凡	工	尺	上	乙	→四
上字調		亿 四或五	合或六	凡	工	尺	上	→乙
乙字調		仩乙	四或五	合或六	凡	工	尺	→上
正宮調		尺上	乙	四或五	合或六	凡	工	→尺
六字調		工尺	上	乙	四或五	合或六	凡	→工
凡字調		凡工	尺	上	乙	四	合	→凡

七調工尺譜自極低以至極高可用十九字，就是上、尺、工、凡、合、四、乙、上、尺、工、凡、六、五、亿、仩、伬、仜、仉、仸。華連圃氏又引方以智「通雅」說：『合字音似呵，四字似思，一字似伊，尺字似扯，六字音靈悠切，凡字似翻，高凡字似泛，五字似嗚，即今簫笛七調諸法也。』十九字的音，應分本音、低音、高音三部，如下表：

譜音高低表

音階	譜字
低音	上尺工凡
本音	合四乙上尺工凡
高音	六（即合之高音）五（即四之高音）亿仩伬仜仉仸（此六音最高）

此十九字的音，自高仜以上用的極少，通常只用十七字，惟高仉之音，間或用及，至高仸則不可見了。工尺字與宮調常成反比，凡調門高的，工尺字必低，調門低的，工尺字必高，此是通例。

南北曲所用工尺字，有絕大不同，就是南曲譜中不用「乙凡」二音。因乙凡都是半音字，唱成硬腔最適合於北曲的聲調，南曲以柔和致勝，所以不用。方中通云：『簫笛南曲，隔五必合，如合四上尺工六五，而和與六同孔，四與五同孔也，用乙字凡字則成北調矣。』③

明白了管色，然後可以再談宮調的配合。曲中所謂宮調，就是限定某曲須用某種管色。宮調的有一定，就是因笛的管色有高下，不能不隨之作適宜的配合。現在把南北曲各宮調分配管色如下：

甲、北曲

（1）小工調　仙呂、中呂、正宮、道宮、大石、小石、高平、般涉、雙調屬之

（2）凡字調　南呂、黃鐘、商角、仙呂屬之

（3）六字調　南呂黃鐘、商角、商調、越調、（亦可小工）屬之

（4）正宮調　或用之黃鐘、仙呂

（5）乙字調　北曲少用

（6）尺字調　與小工調同

（7）上字調　南呂、商調、越調屬之

乙、南曲

仙呂　小工或尺　道宮　小工或尺　正宮　小宮或尺

大石　小工或尺　中呂　小工或尺　小石　小工或尺
南呂　凡或六　羽調　凡或六　黃鐘　凡或六
商調　六或凡　雙調　正工或小工　越調　小工或凡
仙呂入雙調　正工或小工

三、宮調與劇情　對於劇情方面，南北曲亦各不同。北曲宮調，據「太和正音譜」所列，其性質的分配如下：

仙呂宮清新綿邈　南呂宮感歎悲傷
中呂宮高下閃賺　黃鐘宮富貴纏綿
正宮惆悵雄壯　道宮飄逸清幽
大石調風流蘊藉　小石調旖旎嫵媚
高平調條拗滉漾（拗一作拘）　般涉調拾掇抗塹（抗一作坑）
揭指調急併虛歇（今缺）　商角調悲傷宛轉（南亡北存）
雙調健捷激裊　商調悽愴怨慕
角調嗚咽悠揚（今缺）　宮調典雅沈重（今缺）
越調陶寫冷笑

就上列大略分之，黃鐘、雙調，大概屬於喜劇一類，仙呂也近於喜劇。南呂、商調，屬悲劇類。中呂、正宮、大石、越調，大概悲劇喜劇都可適用。又觀元人雜劇，對於宮調的分配，第一折多用仙呂，第四折（末折）多用商調，第二、第三兩折，用南呂、中呂、黃鐘、正宮、大石、商調、越調，沒有一定。各宮調所聯屬的曲牌，如仙呂宮所屬的，爲點絳脣、混江龍、油葫蘆、天下樂、那吒令、鵲踏枝、寄生草、煞尾。（在此宮所屬的聯套共有十餘種，其他各宮調也相當繁多，不及一一備錄。在此不過略舉一例而已。學者可參考「曲律易知」「論北曲」部分。）在此值得一述的，北曲音調亢爽，適宜於英雄豪俠一類的武劇，所以武劇的編排，採用北曲的居多。

南曲宮調，恰與北曲相反，聲調柔曼，只適宜於文場的戲劇。而關於劇情上的配置，也不外悲歡離合四字。許守白所謂排場，對於那一種曲調適宜於喜劇，那一種曲調適宜於悲劇，卻聯成套數，如屬於歡樂類的，有

引　梁州新郎四　節節高二　尾

引　錦堂月或晝錦堂四或二　醉公子二　僥僥令二　尾

引　念奴嬌序四　古輪臺二　尾

等共九套，(茲僅引三套）屬於悲哀類的 有

引　小桃紅一　下山虎一　五韻美一　五般宜一　山麻楷一
蠻牌令一　黑麻令一　江神子一　尾

引　小桃紅一　下山虎一　五韻美一　五般宜一　憶多嬌一或二　尾

等共二十套。此外關於遊覽、行動、訴情，均有聯成的套數，學者可按式照填。又有過場短劇和粗細曲的分配。所謂過場，即傳奇中線索的過脈，劇情的過渡。有全折過場，如一二人或數人在場上，唱快曲數支，動作片時，旋即下場的。有繞行過場，如一二人或數人，一邊行，一邊唱，或唱時稍住，唱完便行的，但不入坐而唱。這種都是短劇。細曲宜於長套所用，適合於纏綿文靜的戲劇。粗曲即鄙俚噍殺的曲調，適合於過場短劇。關於這種種，他都分別組成套數，極易分別參用。大抵關於南曲宮調和劇情的配合，仙呂、南呂、仙呂入雙調，慢曲較多，適宜於男女言情的劇情。正宮、黃鐘、大石，近於典雅端重，間寓雄壯。越調商調，多屬悲傷怨慕。至中呂雙調，宜用於過脈短劇居多。④

註　①採自華連圃「戲曲叢譚」。　②③同上。　④均見許之衡「曲律易知」。

第六章　作曲法

曲分南北，而作法亦因之不同。但就大體而言，如諧聲協律，造句謀篇，無論南北曲，都宜一體注意，而有共通的法則。周德清「中原音韻」所舉作詞十法，如一、知韻，二、造語，三、用事，四、用字，五、入聲作平聲，六、陰陽，七、務頭，八、對偶，九、末句，十、定格。定格實是以下所舉的體例，故所謂十法，實只有九法。而此九法中，關於聲律方面的屬多數，字句方面的屬少數，現在可概括為「聲韻」和「結構」兩部。周氏所說，雖非明指北曲，而實因北曲而發；但南曲也可適用。關於聲韻方面，可分為四聲、陰陽、務頭、曲韻、曲譜、板式六種。關於結構方面的，可分為字句、賓白、章法三類，現在一一分述於後。

一、聲韻　（1）四聲。辨四聲的方法，已略如第五章「聲律」所說，可不再贅。現在再講四聲的用法。作曲上所用的四聲，有時很寬，有時很嚴，寬處平仄可以通用，嚴處上去不可更易。如北詞「正宮」「端正好」末句，必定要用仄仄平平去，所以羅貫中用「瑞雪空中降」，降字，就是去聲。「醉太平」末句，必定要用平平去上，所以吳昌齡用「教人害損」。「黑漆奴」末句，必定要用去仄仄平平上仄，故白無咎用「任也有安排我處」，馮海粟用「定沒個身心穩處」。「北詞廣正譜」，特加注明。南曲中也有上去不可移易之處，如「商調」「集賢賓」的首句，必定要用平平去上平去平，所以陳大聲散套用「西風桂子香正幽」，洪昉思「長生殿」用「秋空夜永碧（作平）漢清」。又「仙呂」「長拍」的第六句，必須四字全用上聲，所以明人散套，用「楚水洶湧」，「長生殿」用「兩載寡侶」。不是這樣，便不能諧叶。①

入聲在北曲中，分派作平上去三聲，則作平的字，不可作仄，作上去的字，不可代平。至於南曲，入聲字雖作仄聲，而不妨用以代平。「欽定曲譜」所注作平的字，都是用入聲作平聲。「仙呂」「醉扶歸」的頭兩句，宜用仄平仄仄平平仄，平平仄仄仄平平，「江流記」便作「望得（作平）望得肝腸斷，哭得（都作平）哭得淚珠乾」，第一句的兩「得」字，第二句的兩「哭得」字，都是前作平而後作仄，這正因爲用入聲字，所以可將第一句第二得字第二句第一二哭得字作平而疊用，能諧音律。假使用平上去聲字，便不能疊用，如「南西廂」的「小姐小姐多丰采，君瑞君瑞濟川才」，乃學「江流記」而成錯誤，便成笑話。②蓋第一句所疊的「姐」字是上聲，第二句「君」字是平聲，「瑞」字是去聲，不能像入聲可作平而疊用。這種例子很多，不能枚舉，我們只依照譜上所注以入作平的字而加以注意罷了。

（2）陰陽。用字的辨陰陽，在作曲上是必須的一個條件，而北曲與南曲也有分別。黃九煙「論曲要訣」說：『三仄必須分上去，兩平還要辨陰陽』這是指北曲而說。北曲入聲，派入平上去三聲，「中原音韻」（完全以北曲爲立場的一部韻書）說：『平聲有陰有陽，入聲作平聲俱屬陽。』（其實在入聲中之「昔、歇、喝、屈、說、貼、析」等字，不能作陽平而只能作陰平）。他所舉用陰字的例，如點絳脣首句韻腳，試用「天地玄黃」一句來唱，黃字便要唱成荒字，便錯了。假使用「宇宙洪荒」來唱，便覺協律。這因爲「荒」字是陰平，「黃」字是陽平的緣故。他又舉用陽字的例，如「寄生草」末句七字第五字必用陽平，試用「歸來飽飯黃昏後」唱起來，是協律的。假使唱作「歸來飽飯昏黃後」，語意雖然一樣，但唱「昏」字爲「渾」

字音，便錯了，原來「黃」字是陽平，「昏」字是陰平。以上是指北曲而說。至於南曲，除平聲分陰陽外，上去入三聲，也有分陰陽的。毛先舒「韻學通指」，本范善溱「中州全韻」，分作七聲，平、去、入都有陰陽。他所舉的例，如：

陰平聲　箋腰　　陽平聲　全潮
上聲　無陰陽
陰去聲　霰釣　　陽去聲　電廟
陰入聲　妾鴨　　陽入聲　亦鑞

他於四聲中，惟上聲不分陰陽。徐大椿「樂府傳聲」，以爲平、去、入既分陰陽，而上聲獨無陰陽，斥爲悖理。他所舉的例，如「宗、縱、足」，爲陰平、陰去、陰入，而「總」字當爲陰上，「戎、誦、族」爲陽平、陽去、陽入，而「宂」字當爲陽上。他說：

『或以爲去入有陰陽，上聲獨無陰陽，此更悖理之極者。蓋四聲之陰陽皆從平聲起，平聲一出，則四呼皆來，一貫到底，不容勉强，亦不可移易。豈有平聲有陰陽，而三聲無陰陽者？亦豈有平去入有陰陽，而上聲獨無陰陽者？如宗字爲陰，宗、總、縱、足皆陰也。戎字爲陽，戎、宂、誦、族皆陽也。豈可宗戎有陰陽，而下六字無陰陽？豈可縱足與誦族有陰陽，而總與宂無陰陽？……但作曲者，能別平聲之陰陽，已屬難事，若並三聲而分之，則尤難於措筆。』

他所說不無理由。但四聲皆分陰陽，他也認爲感到十分困難。清人焦循主張只平聲有陰陽，其餘上去入三聲可以不分（見焦循「易餘曲錄」）。此外又有分爲清濁的，如清音爲（東），濁音爲（同）之類，也和陰陽差不多。即劉熙載「曲概」所說：『曲家之所謂陰聲，即等韻家之所謂清聲，曲家之所謂陽聲，即等韻家之所謂濁聲。』初學作曲，要將四聲嚴分陰陽，當然不可能，如許守白氏所說，不是製譜，當非必要，只於三陰三陽加以注意便可。（見前「聲律」）

（3）務頭　「務頭」兩字，是曲中的特有名詞，從來解釋「務頭」二字的意義，人各一詞，莫衷一是。「嘯餘譜」解釋務頭，幾至萬言，也終找不出一個正確的定義。周德清「中原音韻」說：『要知某調某句某字是務頭，可施俊語於其上。』他在「寄生草」一首例下注明。

長醉後方何礙！不醒時有甚思？糟醃兩個功名字，醅渰千古興亡事，麴埋萬丈虹蜺志。不達時，皆笑屈原非，但知音盡說陶潛是。

寄生草　飲

原評　命意造語下字俱好，最是「陶」字屬陽，協音。若以「淵明」字，則「淵」字唱作「元」字，蓋淵字屬陰。「有甚」二字上去聲，「盡說」二字去上聲，更妙。「虹蜺志」「陶潛是」務頭也。

照他的評注，後人仍舊不能瞭解。清代一代大曲家李笠翁也不能指出「務頭」兩字的確切定義，他說：『務頭兩字，既然不得其解，只當以不解解之。曲中有務頭，猶棋中有眼，有此則活，無此則死。一曲有一曲之務頭，一句有一句之務頭，字不聱牙，音不犯調，一曲中得此一句，即使全曲皆靈；一句中得此一二字，即使全句皆健者，務頭也。』③這樣解說，彷彿是指曲中的精采字句。但依吳瞿安先生的解釋，比較明白眞確，而且與周氏原注也相符合。他說：『務頭者，曲中平上去三音相連之處也。如七字句則第三、第四、第五之三字，不可用同一之音。大抵陽去與陰上相連，陰上與陽平相連，或陰去與陽上相連；陽上與陰平相連亦可。每一曲中，必須有三音相連之一二語，或二音相連之一二語，此即謂務頭處。』④王季烈曲談也依據吳氏說法，以爲周氏所舉寄生草末句，但知音盡說陶潛是，其中「盡說陶」三字，爲陽去、陰上、陽平相連，所以稱爲務頭。又據王季烈說：『北詞廣正譜與南曲譜所注某某二字上去妙，某某二字去上妙，凡此皆宜用務頭之處。』但在此尙有一疑問者，周德清「中原音韻」只將平聲分陰陽，而吳氏的解釋有陰上陰去陽上陽去之語，與周氏當時所稱的務頭是否相合？抑吳氏以後人眼光立論，而遂作此解說？如依照周氏吳氏王氏的解釋，似務頭兩字，均屬於聲韻範圍以內，而不是關於字句上的修飾。又據任中敏氏說，務頭所在，皆音美之處，下筆時要顧到聲文並美。假使不能明瞭務頭所在，則凡遇調中調尾，曲譜內注明平上去三聲一定不可移易之處，要謹守勿失，這也是一個很好的辨法。

（4）曲韻　曲調中的叶韻，比詞來得寬展。不像詞中用平韻，則全調皆平，用仄韻，則全調皆仄。而且北曲用韻，平、上、去、入四聲可以通押，入聲字儘可押入三聲之內。南曲則平上去三聲之字，可以互相通押，而入聲字不宜與平上去三聲同押。古人對於南曲用入聲韻的，往往通體用入聲韻到底，不羼入平上去三聲。現在把南北曲各舉一例如下：

北越調　踏陣馬

天上少，世間無。平（韻）風流共許。上（韻）聰俊皆伏舉止非俗。入作平（韻）建座祠堂親供養，奈何豔姿難塑。去（韻）倒鳳顛鸞，落雁沈魚。平（韻）

上面的一首北曲，所押的韻，平上去入四聲都有。

南仙呂　鵲橋仙

披香隨宴，上林遊賞上。（韻）醉後人扶馬上。去（韻）金蓮花炬照迴廊。平（韻）正院宇梅梢月上。上（韻）

上面的一首南曲，平上去三聲通押。

南仙呂　杜韋孃　（劉文龍傳奇）

終朝沒情緒，眉黛儘斂愁如織。入（韻）怕楚館秦樓迷戀在，尚未有歸來消息。入（韻）憶當初鳳帳鸞幃，漫得三宵，怎道輕離拆？入（韻）一番思，淚眼但揾透鮫綃數尺。入（韻）

上面一首南曲，全押的是入聲韻。上述三例，是南北曲中的通例，但也有不守此規則的，如湯若士「四夢」傳奇，往往於平上去之間，參雜入聲韻一二字，那入聲字，必定要依北曲的唱法來唱，方可叶韻。這終不是南曲家的定格。但也有例外，入聲字可與平上去三聲通押的，就是家厤車蛇二韻。因爲這二韻，三聲之字用急促的聲調讀起來，都可以變成入聲，而無須轉音，故入聲與三聲通押，也可以諧和。⑤不過南北兩地的發音，終究不同，南方人終不慣作北音，所以南詞家都一致主張入聲不與三聲通押的法則。再在用曲韻的時候，每一首曲，或每一套曲，必須一韻到底，不能換韻；「東同」韻則東同到底，「江陽」韻則江陽韻到底。不換韻的途徑雖然窄狹，但有平、上、去三聲可以通押，也不患不能應付了。

至於韻書，如作北曲，可根據周德清「中原音韻」，作南曲可依據范善溱「中州全韻」，但頗不易購買。初學可購盧冀野「曲韻舉隅」（中華版），也儘可應用。

（5）曲譜　要作曲非有一標準曲譜不可。北曲譜如「嘯餘譜」「吳騷合編」等書，大都不點板式，正襯不明，初學可不必購買。李玄玉著的「北詞廣正譜」，爲北曲譜中的精善者，學者都視爲善本。南曲則「南詞定律」

最爲適用，譜中正襯分明，板眼易見。但爲購買便利計，單購一「欽定曲譜」，已儘夠應用。此譜爲清康熙時王奕清所編，北曲全採用明「嘯餘譜」，南曲全採用明沈璟的「南曲譜」。本書包含南北曲，在各首曲旁注明四聲，兼注板式，且分宮之法，自來爲南曲家所遵守。許守白氏論南曲，亦以此譜爲標準。——此譜又簡稱「沈譜」，以南曲部都根據沈璟「南曲譜」所編的。

（6）板式　唱曲的有板，所以承接字句，和諧腔調，節制聲音（參看上板眼）。南北曲的板式完全不同：南曲之板用以節字，不用以節句；北曲之板用以節句，不用以節字。節字則板必緊，節句則一句一板已足。所以南曲只引子沒有板（唯用底板），其餘都有定板；北曲則只有底板，沒有實板的曲極多。南曲的字句，每調都有定格，北曲則不拘字數的調極多。南曲襯字很少，少則一字幾腔，板在何字何腔，千首一律；北曲襯字極多，在板不能承接時，中間不能不增添一板。這就是南曲有一定，北曲沒有一定的緣故。但在沒有一定之中，也有一定，在過文轉折處，板可略爲增減，所以便利歌唱；至緊要處，板便不能移易。⑥

贈板專用於南曲，所謂贈板，即增加之板。某曲若干板，某處應下板，都有定程。如「駐馬聽」共二十二板，其下板處，應在第幾字，不能移易。又如此曲爲十六板，要它和緩好聽，可以加贈板式，增爲三十二板；但只許增加一倍，不許增過於倍或不及倍。有贈板之曲，例應在前；無贈板之曲，例應在後。此爲南曲第一關鍵。因初唱時，第一二三支曲，宜取和緩，必有贈板，入後則漸緊促，便沒有贈板了。⑦至於板式與襯字，更有關係，假使板式很簡單，或上句的末一板和下句的第一板中間相隔有許多字，那末下句之首，萬不可加襯字。反是，則不妨把襯字酌量加進去。如「琵琶記」「駐馬聽」共九句，二十二板：

書寄鄉關，說起教人心痛酸。（傳示俺）八句爹媽，（道與我）兩月妻房。（隔涉）萬水千山。啼痕緘處翠綃班，楚魂飛繞銀屏遠。報道平安，（想）一家賀喜（只說他日）再相見。

上例（字旁的「・」「—」都是板式的符號。在（）內是襯字）。第二句「說起教人心痛酸」與第三句「八句爹媽」，其下板處，上句末一字酸字一板和下句頭一字八字一板恰好相連，所以在這調第三句加（傳示俺）三個襯字。

因爲唱的時候，兩板相去很近，儘夠趕得上板。第三句與第四句，第四句與第五句，下板處相隔也近，所以也可加入襯字。第八句與第九句，也是一樣。其他可以類推。因此，我們可以明白，在上下兩板相接緊密時，加些襯字進去，不但可以使唱的人從容而不費力，在腔調上，也更顯得悠揚宛轉；且能幫助文字生色不少。

二結構　曲文的結構，第一是字句，第二是章法，而賓白在劇曲中，也居重要地位，所以在字句、章法之外，特別提出來講。現在先講字句。

（1）字句　字句又可分爲字法、句法、襯字、對偶四種，依次分述如下：

（甲）字法　「中原音韻」「作詞十法」中，用字也居其一。原文謂：『切不可用生硬字，太文字，太俗字。』所謂生硬字，就是太生僻的字或古字，以及生湊的字。用太文的字，便會像詞，用太俗的字，便會像唱本。王驥德「曲律」「論字法」說：『下字爲句中之眼，古謂百鍊成字，千鍊成句。又謂前有浮聲，後須切響。要極新，又要極熟；要極奇，又要極穩。虛句用實字鋪襯，實句用虛字點綴。務頭須下響字，勿令提挈不起。押韻處要妥貼天成，換不得他韻。照管上下文，恐有重字，須逐一點勘換去。又閉口字少用，恐唱時費力。』這幾個條件，都是作者所宜注意的。一字用得好，不但全句生色，而全首精神，都從此振起。如鄭光祖「迎仙客」：『雕簷紅日低，畫棟彩雲飛，十二玉闌天外倚。』這「倚」字用得最好，要換一個比他好的字，恐怕沒有了。周德清說：『一篇之中，唱此一字。』

（乙）句法　曲語貴淺顯，既要經過文學藝術的陶冶，而不像詩詞；又要避免粗俗，看似容易，實在很難。周德清論作詞十法之造語一節，說：『宜作樂府語，經史語，天下通語。』樂府語當然是指文雅的詞語，而經史語入曲，任中敏氏以爲無模倣之餘地。在元曲中，實在少有這種「頭巾氣」的作品。天下通語，就是運用方言入曲，這是曲語的特色。周氏所視爲宜避忌的，有俗語、蠻語、市語、方語（即方言）張打油語、及語粗（即粗語）等等，都是一種未經文學陶鑄的粗俗方言，並不是說方言不可以入曲。李笠翁謂：「話則本之街談巷議，事則取其直說明言。」他以爲要經過一番思考，而後得其意之所在者，便非絕妙好詞，便是今曲而非元曲。所以他對於湯若士的「還魂記」，不讚美他的「裊晴絲吹來閒庭院，搖漾春如線」的佳句，謂懂得這個深意的能有幾人；而賞識他的「又不是困人天氣，中酒心期，魆魆的常如醉，」和「地老天昏，沒處把老娘安頓。」謂此種曲語，純乎元人，方才是好文學。⑧

拗句在曲中，大多數主張少用，但因爲合律的關係，有時不能避免。例如「集賢賓」首句，「西風桂子香韻幽」，應依此作平平仄仄平仄平，不宜作平平仄仄仄平平。又如「僥僥令」第三句，「歲歲年年人長在」，應作仄平平平平仄，不宜作仄仄平平平仄仄。「太師引」第三句「砌莊家形衰貌長」是仄平平平平仄平，不應作仄平平仄仄平平。「雁魚錦」第四段，「待朦朧覺來，依然新人鳳衾和象床」，是仄平平仄平，平平平平仄平仄仄平，也應依此照塡，不能改易。這種拗句，必須遵守，不可因爲平仄不調，而擅自改作。此外還有疊句，就是重用兩句，如「晝夜樂」「停驂停驂」句是。

（丙）襯字　曲句自一字句起，至二字、三字、四字、五字、六字、七字句止。雖然「虞美人」調有九字句，但是引曲，若非上二下七，則上四下五。此外八字十字以外的句子，都是襯字。用襯字的方法，應該在板式緊密之處（參看前板式），且須加在句首，或句的中間。至於句的三字之內，和板式疏落之處，切不可任意加入襯字。而襯字至多不宜超過三字，（前例有四字者，但違反定則，不可從。）且宜用虛字，不宜用實字。——這是對南曲而說，北曲則襯字毫無限制，已見上述。現在再舉「長生殿」「密誓」齣的「小桃紅」如下：（凡在（）括弧內的都是襯字。）

（俺這裏）乍抛錦字，暫駕香輜。（趁）碧落無雲滓，新涼暮颸，（踹上這）橋影參差。（俯映著）河光淨泚，（更喜煞）新月纖，華露滋。（低繞著）烏鵲雙飛翅也，（陡覺的）銀漢秋生別樣姿。天上留佳會，年年在斯，（卻笑他）人世情緣頃刻時。

上例所加的襯字，都在句首，而且至多只有三字，最合分寸。曲句以七字爲正規句，而七字之組成，不外上三下四，或上四下三，如「琵琶記」第七齣「登程」「征袍上染惹芳塵」，是上三下四句。「雲梯月殿圖貴顯，水宿風餐莫厭貧，」都是上四下三句。在加襯字的時候，須按句讀句法，不害文理。「桃花扇」「題畫」齣「小桃紅」曲「放一群吠神仙朱門犬」，此句照例是上四下三句，這樣一來，竟變成三句，許守白氏以爲應改作「放一群惡吠朱門犬」「一群惡吠朱門犬」，是正句，「放」字是襯字，這樣才能合理而不違文法。

（丁）對偶　曲中遇有對句，須依式用偶句來對，所對的句子，要銖兩相稱，還要自然，而不牽强。上句對得工，還不如下句對得工來得好。一句好，一句不好，就覺得偏枯，不能銖兩悉稱。「丹丘曲論」舉有對式：（一）合璧對，就是兩句相對。（二）連璧對，就是四句相對。（三）鼎足對，俗稱三鎗，就是三句相對。（四）聯珠對，就是每句多相對。（五）隔句對，就是長短句相對。（六）鸞鳳和鳴對，就是首尾相對，如「叨叨令」一調所對。（七）燕逐飛花對，就是三句對作一句。據「中原音韻」，又有所謂扇面對，如「調笑令」第四句對第六句，第五句對第七句。重疊對，如「鬼三臺」第一句對第二句，第四句對第五句，第一第二第三句，卻對第四第五第六句。凡作曲時，須認明譜中詞句有相對的，就得依式照塡。王驥德「曲律」論對偶，舉有例子，比較容易明瞭，摘錄如下：

『兩句對如「簾幙風柔，庭幃晝永，」及「惟願取百歲椿萱，長似他三春花柳。」三句對如「蝶戀花、鳳棲梧、鸞停竹。」四句對如「亂荒荒不豐稔的年歲」四段相對類。隔句對如「郎多福及娘介福」兩段相對類。有疊對，如「翠減祥鸞羅幌」二句一對，下「夢觀雲閑」二句又一對，下「目斷天涯雲山遠」二句又一對類。有兩韻對，如「春花明綵袖，春酒滿金甌」類。有隔調對，如「書生愚見」二調各末二句相對類。』

（2）賓白　賓白，就是說白，解釋已見於前。元人作曲，對於賓白不大注重，所以後人對於曲文字句，都加以鍛鍊推敲，對於賓白，往往視為無足重輕。李笠翁以為作傳奇、賓白與曲文實居同樣重要地位。他說：

『嘗謂曲之有白，就文字論之，則如經文之於傳注；就物理論之，則如棟樑榱桷；就人身論之，則如肢體之於血脈。故知賓白一道，當與曲文等視，有最得意之曲文，即最得意之賓白。但使筆酣墨飽，其勢自能相生。常有因得一句好白，而引起無限曲情；又有因填一首好詞，而生出無窮話柄者。』

因此，他對於作賓白，提出八個條件，惟因篇幅關係，不能一一採錄，只擇其要點，摘示其目，并加以詮釋如下：

（一）聲務鏗鏘，即聲調要抑揚動聽；如上句末一字平，下句末一字須用仄。（二）語求肖似，即須依劇中人的身份而摹倣其口吻，如端正人要作端正人口氣，邪僻人要作邪僻人口氣。說一人，像一人，勿使雷同。（三）詞別繁減，即說白不厭多，須多而不蕪雜。（四）字分南北。北方人與南方人口語不同，各須因地而異。（五）文貴潔淨，即簡潔而乾淨，每作一段，即自刪一段，萬不可刪者始保存，稍有可刪者即刪去。（六）意取尖新，即筆調須輕鬆，最忌老實。（七）少用方言，即勿用土語，使人不懂。（八）時防漏孔，即前後須照應，勿使前言不對後語。⑨

（3）章法　作曲和作文沒有兩樣，造句用字，固然要精鍊妥洽，而全篇佈局，尤宜胸具成竹。王驥德「曲律」論章法說：

『作曲猶造宮室者然，工師之作室也，必先定規式，自前門而廳，而堂，而樓，或三進，或五進，或七進；又自兩廂而及軒寮，以至廩庾庖湢（浴室），藩垣苑榭之類，前後左右，高低遠近，尺寸無不了然胸中，而後可施斤斲。作曲者，亦必先分段數，以何意起？何意結？何意作中段敷衍？何意作後段收煞？整整在目，而後可施結撰。此法從古之爲文、爲辭賦、爲歌詩者皆然。於曲則在劇戲，其事原有步驟。作套數曲遂絕不聞有知窽者。只漫然隨調，逐句湊拍，掇拾爲之，非不間得一二好語，顚倒零碎，終是不成格局。』

他把作曲比喻造房子，造房子，工程師必須先打圖樣，然後依照圖樣逐步建築。作曲也須先將本意事實，分段排定，誰主誰賓，怎樣穿揷，怎樣貫串；然後按照所分段落起結，逐步寫去，庶不致前後分歧，漫無條理。喬夢符對於作曲的全部結構，用「鳳頭、豬肚、豹尾」六字來包括一切。他說：

『作樂府亦有法，曰：鳳頭豬肚豹尾是也。大概起要美麗，中要浩蕩，結要響亮，尤貴在首尾貫穿，意思淸新。苟能若是，斯可以言樂府矣。』⑩

他所說的鳳頭，就是說起頭要像鳳頭的美麗，在起首即須把全篇題旨控制，步步引人入勝。豬肚，是說中段要像豬肚的浩蕩，把全部題蘊極力發揮，盡量鋪排。豹尾的響亮，是說在結尾處，要從題外傳神，機趣遙遠，有悠然不盡之概。豹尾最緊要，必定要用全神來貫注。豬肚次之，在全篇中是發舒筆力之處，作者的天才能夠發揮與否？就可以在此處看出他的技術的程度的高下。鳳頭一層，注意的人比較少。劉熙載「藝概」說：『一宮之內，無論牌名如何，其篇法不出始、中、終三停：始要含蓄有度，中要縱橫盡變，終要優遊不竭。』也就是本喬說而言。

末了，再就現時情勢，而為學者貢一點愚見，以作本書的結論。劇曲——如傳奇等在現在差不多已成絕響，就是能夠依樣葫蘆，編著一本劇作，不但不能與前賢並駕齊驅，而知音欣賞的人也實在不多。所謂吃力不討好，其實沒有學步的必要。要陶情適性，還不如寫點小令散套。散曲作法，到底比較劇曲容易，因為體段簡單，不像長篇鋪排費力。既沒有情節排場，又沒有科介賓白，自然容易應付。偶然拈幾支牌調，無論抒情也好，寫景也好，都可直抒胸臆，說些自由自在的話。

註　①②見王季烈「曲談」。③見李漁「笠翁劇說」。④見吳梅「顧曲塵談」。⑤同①②。⑥見徐大椿「樂府傳聲」。⑦見許之衡「曲律易知」。⑧⑨同③。⑩見陶宗儀「輟耕錄」。

—完—

附錄　重要作家表

元雜劇作家

姓名	字或號	籍貫	作品	姓名	字或號	籍貫	作品	姓名	字或號	籍貫	作品
馬致遠	東籬	大都	漢宮秋等六種	王實甫		大都	西廂記等二種	關漢卿	已齋叟	大都	救風塵等十三本
白樸	仁甫 蘭谷	真定	梧桐雨等二種	高文秀		東平	雙獻功等三種	鄭廷玉		彰德	楚昭王等五種
庚天錫	吉甫	大都		李文蔚		真定	燕青博魚	李直夫		女真	虎頭牌
吳昌齡		西京	風花雪月等二種	武漢臣		濟南	玉壺春等三種	王仲文		大都	救孝子
李壽卿		太原	伍員吹簫等二種	尚仲賢		真定	氣英布等四種	石君寶		平陽	曲江池等三種
楊顯之		大都	臨江驛等二種	紀君祥		大都	趙氏孤兒	戴善甫		真定	風光好
張時起	才英	東平	不傳	李好古		保定	張生煮海	石子章		大都	竹塢聽琴
孟漢卿		亳州	魔合羅	張國賓	酷貧	大都	汗衫記等三種	李行道		絳州	灰闌記
王伯成		涿州	貶夜郎	孫仲章		大都	勘頭巾	康進之		棣州	李逵負荊
岳伯川		濟南	鐵拐李	狄君厚		平陽	介之推	孔文卿		平陽	東窗事犯
張壽卿		東平	紅梨花	宮天挺	大用	大名	范張雞黍	鄭光祖	德輝	平陽	㑳梅香等四種
金仁傑	志甫	杭州	蕭何追韓信	范康	子安	杭州	竹葉舟	曾瑞	瑞卿	大興	留鞋記
沈和	和甫	杭州		喬吉	夢符		玉簫女等二種	秦簡夫		陵川	東堂老等二種
蕭德祥		杭州	殺狗勸夫	朱凱	士凱		昊天塔	王曄	日華	杭州	桃花女

元散曲作家			
楊梓		海鹽	豫讓吞炭等二種
羅本	貫中	武林	風雲會
關漢卿			
白樸			
喬吉			
阿里西英			
鍾嗣成	維先 醜齋	汴	錄鬼簿
劉致	時中 逋齋	寧鄉	
曹鑑	克明 以齋	宛平	
郝天挺	維先 新齋	陵川	
劉庭信			
孟志	西村	盱眙	
顧德潤	均澤	松江	九山樂府
馮子振	海粟		
任昱	則明	四明	
李致遠			還牢末
費唐臣			赤壁賦
馬致遠			
王鼎	和卿	大都	
貫雲石	酸齋	畏吾	酸甜樂府
楊朝英	澹齋		
盧摯	處道 疏齋	涿郡	
徐琬	子方 容齋	東平	
馬九皋	謙齋	畏吾	
滕斌	玉霄	睢陽	
周文質	仲彬	建德	
汪元亨	雲林		小隱餘音
曾瑞			詩酒餘音
吳本也	中立	杭州	本道齋樂府小稿
楊景賢			劉行首
鄭光祖			
張可久	伯遠 小山	慶元	吳鹽等八種
徐再思	甜齋	嘉興	
周德清	挺齋	高安	中原音韻
姚燧	牧庵		
蕭德潤	復齋	杭州	
吳仁卿	弘道 克齋	蒲陰	金縷新聲
鄧玉賓			
朱庭玉			
張養浩	希孟	濟南	雲莊休居閒適小樂府
王元鼎			
陳克明		臨川	
錢霖	子雲	松江	醉邊餘興

姓名	字號	籍貫	作品
高克禮			
曹明善			

明雜劇作家

姓名	字號	籍貫	作品
朱權			失傳
朱有燉			天香圃等廿五種
王九思	敬夫 漾波	鄠縣	中山狼等二種
徐渭	文長	山陰	漁陽弄等五種
馮惟敏	汝行 海浮	臨朐	不伏老等二種
王衡	辰玉	太倉	鬱輪袍等二種
沈自徵	君庸	吳江	鞭歌妓等三種
汪廷訥	昌朝	休寧	廣陵月
王應遴	雲來	山陰	逍遙遊
車任遠	梶齋	上虞	蕉鹿夢
王澹翁			櫻桃園
葉小紈	蕙綢	吳江	鴛鴦夢
竹癡居士			齊東絕倒
王子一			誤入桃源
賈仲名	仲明		金童玉女等三種
康海	德涵 對山	武功	中山狼
梁辰魚	伯龍	崑山	紅線女
陳與郊	廣野 玉陽仙史	海寧	昭君出塞等三種
許潮	時泉	靖州	武陵春等五種
凌初成			虬髯翁
孟稱舜	子若	會稽	桃花人面等二種
陳汝元	太乙	會稽	紅蓮債
徐復祚	陽初		一文錢
來集之	元成	蕭山	碧紗籠等三種
僧湛然	寓山居士		曲江春等二種
吳中情奴			相思譜
谷子敬		南京	城南柳
楊文奎			兒女團圓
楊慎	用修 升庵	新都	宴清都等三種
汪道昆	伯玉 南溟	歙縣	遠山戲等四種
梅鼎祚	禹金	宣城	崑崙奴
葉憲祖	美度 梅柏	餘姚	團花鳳等九種
徐元暉			有情癡等二種
卓人月	珂月	仁和	花舫緣
祁元儒			錯轉輪
徐士俊	三有	仁和	絡水絲等二種
王夫之	而農 薑齋	衡陽	龍舟會
蘅蕪室			再生緣

明傳奇作家

作家	字號	籍貫	作品
高明	則誠	平陽	琵琶記
徐畛	仲由	淳安	殺狗記
王濟	雨舟	烏鎮	連環記
王世貞	元美	太倉	鳴鳳記
薛近兗			繡襦記
梅鼎祚	禹金	宣城	玉合記
周朝俊	稊玉	吳縣	紅梅記
馮夢龍	猶龍 子猶	吳縣	雙雄記等二種
徐復祚			紅梨記
吳炳	石渠	宜興	療妒羹等五種
施惠	君美	杭州	幽閨記
邵宏治	文明	常州	香囊記
姚茂良	靜山	武康	精忠記
梁辰魚			浣紗記
沈璟	伯英 寧庵	吳江	義俠記
陸采	子元 天池	長洲	明珠記等三種
張鳳翼	伯起	長洲	紅拂記等二種
沈鯨	涅川	平湖	雙珠記
高濂	深甫 瑞南	錢塘	玉簪記
魏良輔		崑山	
朱權			荊釵記
蘇復之			金印記
沈采	練川		千金記
鄭若庸	中伯 虛舟	崑山	玉玦記
湯顯祖	義仍 若士	臨川	紫釵記等四種
李日華	君實	嘉興	南西廂
汪廷訥			獅吼記
孫仁孺			東郭記等二種
阮大鋮	集之 圓海	懷寧	燕子箋等四種

明散曲

作家	字號	籍貫	作品
朱有燉			誠齋樂府
楊循吉			南峰樂府
陳鐸	大聲	金陵	秋碧樂府
李開先	伯華 中麓		一笑散
湯式	舜民	四明	菊莊樂府
李禎			僑庵小令
楊慎			陶情樂府
金鑾	在衡 白嶼	金陵	蕭爽齋樂府
馮惟敏			海浮山堂詞稿
王九思			碧山新稿
康海			沜東樂府
王磐	鴻漸	高郵	西樓樂府
陳所聞	藎卿	金陵	濠上齋樂府
常倫		沁水	樓居樂府

作家

作家	字號	籍貫	作品	作家	字號	籍貫	作品	作家	字號	籍貫	作品
王驥德	伯良	會稽	方諸館樂府	祝允明	枝山 希哲	長洲		唐寅	子畏 伯虎	長洲	六如居士曲
俞琬綸	君宣	長洲	自娛集	陳鳴野			息柯餘韻	王澹翁			欸乃編
沈璟			詞隱新詞等二種	沈仕	青門	仁和	唾窗絨	施紹莘	子野	華亭	花影集
沈自晉	伯明 長康	吳江	鞠通樂府	史槃	叔考		齒雪餘音	汪廷訥			環翠堂樂府
劉效祖			詞臠	梁辰魚			江東白苧	張伯起			敲月軒詞稿
馮夢龍			宛轉歌	朱應辰			淮海新聲	黃氏			楊夫人辭

清雜劇作家

作家	字號	籍貫	作品	作家	字號	籍貫	作品	作家	字號	籍貫	作品
徐石麟	又陵	江都	拈花笑等四種	吳偉業	駿公 梅村	太倉	臨春閣等二種	袁于令	令昭 籜庵	吳縣	雙鶯傳
尤侗	同人 展成 西堂	長洲	讀離騷等五種	宋琬	玉叔 荔裳	萊陽	祭皋陶	嵇永仁	留山	無錫	續離騷
孔尚任	聘之	曲阜	大忽雷	蔣士銓	心餘 苕生	鉛山	四絃秋等七種	萬樹	花農 紅友	宜興	珊瑚珠等八種
桂馥	未谷	曲阜	後四聲猿	舒位	鐵雲	大興	瓶笙館修簫譜	唐英			古柏堂十本
徐爔			寫心雜劇十八本	周文泉	練情子		補天石八本	楊觀潮	笠湖		吟風閣三十二本
陳棟	浦雲	會稽	苧蘿夢等三種	楊恩壽	蓬海	長沙	桃花源等三本	洪昇	昉思 稗畦	錢塘	四嬋娟
黃憲清	韻珊		鴛鴦鏡等二種	梁廷柟			圓香夢等四本	徐鄂	午閣		白頭新
黃兆魁	荊石 山民		紅樓夢十六本								

清傳奇作家

姓名	字號	籍貫	作品
吳偉業			秣陵春
李玉	玄玉	吳縣	一捧雪等五種
嵇永仁			揚州夢等二種
陳二白	于令	長洲	稱人心
孔尚任			桃花扇等二種
唐英			轉天心等三本
夏綸	惺齋	錢塘	無瑕璧等六種
仲雲澗			紅樓夢
董榕	恆石 謙山		芝龕記
陳烺	潛翁	陽湖	仙緣記等十種
張雲驤	南湖	文安	芙蓉碣
釋智達			歸元鏡
慎郡王岳端			揚州夢
朱素臣		吳縣	秦樓月
李漁	笠翁	錢塘	奈何天等十五種
查慎行	夏重 初白	海寧	陰陽判
洪昇			長生殿
張堅	漱石	江寧	夢中緣等四種
陳鍾麟	厚甫	元和	紅樓夢
張九鉞	度西	湘潭	六如亭
李文瀚	雲生	宣城	紫荊花等四種
楊恩壽			麻灘驛等三種
袁晉			西樓記
馬佶人	更生	吳縣	荷花蕩
尤侗			鈞天樂
張大復	星期 心其	蘇州	快活三
周穉廉	冰特	華亭	雙忠廟等三種
萬樹			風流棒等三種
蔣士銓			雪中人等六種
金椒	蘭皋		旗亭記
沈起鳳	桐威	吳縣	文星榜等四種
黃憲清	韻珊		茂陵陵等六種
王筠			全福記

清散曲作家

姓名	字號	籍貫	作品
歸元恭			萬古愁
厲鶚	太鴻 樊榭	錢塘	北樂府小令
趙對澂	野航	合肥	小羅浮館雜曲
趙慶熹	秋舲	仁和	香消酒醒曲
朱彝尊	錫鬯 竹垞	秀水	葉兒樂府
劉熙載	融齋	揚州	
許寶善			自怡軒樂府
謝元淮			養默山房散套
蔣士銓			南北曲
沈謙	去矜	仁和	東江別集
尤侗			百末詞餘
吳錫麒	穀人	錢塘	南北曲

本書重要參考書目

曲苑（正音學會）
新曲苑（任中敏）
元曲選（明臧晉叔）
散曲叢刊（任訥）
中原音韻（元周德清）
太和正音譜（明朱權）
中州全韻（明范善溱）
欽定曲譜（清康熙勅撰）
北詞廣正譜（清李元玉）
納書楹曲譜（清葉堂）
今樂考正（清姚復莊）
度曲須知（明沈寵綏）
曲律易知（許之衡）
中國戲曲概論（吳梅）
顧曲麈談（同上）
戲曲叢談（華連圃）
詞曲研究（盧前）
明清戲曲史（同上）
元劇聯套述例（蔡瑩）
腔調考原（王芷章）
中國近代戲曲史（鄭震）
元曲概論（賀昌群）

中華語文叢書
曲學入門

作　　者／韓非木 編注
主　　編／劉郁君
美術編輯／鍾　玟

出 版 者／中華書局
發 行 人／張敏君
副總經理／陳又齊
行銷經理／王新君
地　　址／11494 台北市內湖區舊宗路二段181巷8號5樓
客服專線／02-8797-8396　　傳　真／02-8797-8909
網　　址／www.chunghwabook.com.tw
匯款帳號／華南商業銀行　西湖分行
179-10-002693-1　中華書局股份有限公司

法律顧問／安侯法律事務所
製版印刷／維中科技有限公司　海瑞印刷品有限公司
出版日期／2019年3月七版
版本備註／據1991年11月六版復刻重製
定　　價／NTD 300

國家圖書館出版品預行編目（CIP）資料

曲學入門 / 韓非木編注. -- 七版. -- 臺北市:
中華書局, 2019.03
面 ; 公分. -- (中華語文叢書)
ISBN 978-957-4301-13-3(平裝)

1.中國戲曲-歷史與批評-元 (1260-1368)

824.857　　80004141

NO.H2077
ISBN 978-957-4301-13-3（平裝）